우리가 알아야 할
최소한의 세계 문학

우리가 알아야 할
최소한의 세계 문학

초판 1쇄 2014년 3월 10일

기획 및 엮은이 인천문화재단 한국근대문학관
지은이 오은하 · 이병훈 · 권혁준 · 최영진 · 우석균 · 김현균 · 김응교 · 김태성 · 김재용 · 이석호
펴낸이 성철환 **편집총괄** 고원상 **담당PD** 한은희 **펴낸곳** 매경출판㈜
등 록 2003년 4월 24일(No. 2 - 3759)
주 소 우)100 - 728 서울특별시 중구 퇴계로 190 (필동 1가) 매경미디어센터 9층
홈페이지 www.mkbook.co.kr
전 화 02)2000 - 2610(기획편집) 02)2000 - 2636(마케팅)
팩 스 02)2000 - 2609 **이메일** publish@mk.co.kr
인쇄 · 제본 ㈜M - print 031)8071 - 0961

ISBN 979 - 11 - 5542 - 095 - 9(03800)
값 16,000원

우리가
알아야 할
최소한의 세계 문학

인천문화재단 한국근대문학관 기획 및 엮음 | 오은하 외 9인 지음

톨 스 토 이 부 터   하 루 키 까 지

인간과 세상을 바라보는 10가지의 시선

매일경제신문사

이번에 발간되는 《우리가 알아야 할 최소한의 세계 문학》은 인천 문화재단이 직영하는 한국근대문학관이 기획하여 내는 책입니다. 한국근대문학관은 2013년 9월 개관한 곳으로 우리나라 근대 문학의 성립부터 발전에 이르는 시기를 총괄하여 보여 주는, 공공 기관이 운영하는 한국 유일의 종합 문학관입니다. 인천의 구도심에 위치한 한국근대문학관은 개항 도시 인천을 통해 서구의 문물이 유입되었던 옛 제물포 항구의 창고 시설을 리모델링하여 만들어졌습니다. 1892년에 지어진 창고를 비롯하여 1941년에 지어진 창고까지 모두 네 동의 창고 건물의 원형을 유지·복원·재건축하여 만들어진 공간입니다. 이곳에 오면 비록 넓진 않아도 한국 근대 문학의 역사를 오밀조밀 관람하실 수 있습니다.

한국근대문학관은 근대 문학 자료를 수집·보존하는 한편, 전시와 교육 프로그램도 기획·운영하고 있습니다. 교육 프로그램의 하나로 문학관이 개관한 이후 처음 연 강좌가 세계 문학 특강이었습니다. 이 책은 당시 강의록을 다듬고 수정하여 묶어 낸 것입니다. 강좌 개설 안내가 나간 뒤 세 시간도 되지 않아 정해 놓은 수강 인원의 네 배인 200명을 넘어섰고, 첫 강좌가 열린 2013년 10월 4일부터 마지막 강의인 12월 6일까지 강의실은 수강생으로 항상 만원이었습니다. 문학관을 개관하고 처음 여는 강좌여서 긴장했던 우리들은 행복한 비명을 질렀습니다. 매주 금요일 오후 7시부터 9시까지 진행된 강좌에 많은 시민들이 열성적으로 참여하였고 질의와 토론도 수준급이었습니다. 물론 강의에 흔쾌히 참여해 주신 선생님들 역시 국내 최고의 강사진이었음을 자부합니다.

그런데 하필 한국근대문학관이 처음으로 개설한 강좌가 한국 문학이 아닌 '세계 문학 특강'이었을까 의아해하는 분들도 있을 것입니다. 상식적인 이야기가 되겠지만 이제 한국 문학은 더 이상 한국 안에서만 존재하기 힘든 시대입니다. 아울러 세계의 많은 작품들이 번역되어 우리에게 소개된 것 역시 어제 오늘의 일이 아닙니다. 한국 문학은 세계 문학의 당당한 일원인 동시에 한국 문학 안에 이미 세계 문학이 들어와 있기도 합니다. 한국근대문학관은 세계로 열린 한국 문학을 지향한다는 의미에서 '세계 문학 특강'을 첫 강좌로 기획했습니다. 아울러 더 중요한 것은 우리의 눈으로 보는 세계 문학의 중요성이라는 것에 대한 고려도 했습니다. 어쩌면 우리가 익숙하게 만나는 세계 문학이라는 것은 우리의 눈이 아닌 타자의 눈으로 만들어진 세

계 문학일 수도 있다는 반성 위에서 시작된 것입니다. 세계 문학 특
강이 서구와 비서구 문학을 적어도 양적으로 균형 잡히게 배치한 것
역시 그런 뜻에서입니다. 그동안 우리는 세계 문학을 너무 서구 문학
의 자장 안에서만 생각해 온 것은 아닐는지요.

　인천문화재단에서는 이미 2009년부터 아시아-아프리카-라틴아
메리카 문학 포럼(인천AALA문학 포럼)을 매년 개최해 오고 있기도
합니다. 그렇다고 이 세 대륙의 문학을 과거 제3세계의 시각으로 보
자는 것도 아닙니다. 세계 문학의 시각에서 배제되어 왔던 이들 대륙
의 문학을 통해 한국 문학이 더욱 풍성해질 수 있다는 믿음에서 이런
행사를 개최해 오고 있습니다. 이것은 인천이라는 도시가 지향하는
문화적 다양성에 대한 존중에서 나온 것이기도 합니다.

　세계 문학 특강을 처음 구상할 때부터 강좌 운영에 이르기까지 기
획위원으로 함께 참여해서 고생해 주신 분들의 노고에 대해 감사드
립니다. 원광대 김재용, 인천대 김용민, 연세대 김준환, 숙명여대 김
응교 교수님들께서 강좌 기획과 강사 섭외에 큰 도움을 주셨습니다.
강좌 운영을 직접 담당한 문학관의 함태영 선생 역시 이 책이 있게
만든 장본인이기도 합니다. 문학관 개관 준비부터 개관에 이르기까
지, 그리고 이 강좌가 추진될 때 큰 믿음을 갖고 응원해 주신 인천문
화재단의 3대 대표이사 강광 선생님께는 어떻게 감사의 말씀을 드려
야 할지 모르겠습니다.

그러나 무엇보다 열정적으로 강의에 임해 주신 열 분의 선생님들과 금요일 저녁 술자리의 유혹을 물리치고 진지하게 강의에 참여해 주신 시민 여러분의 진지한 관심과 눈길이 있었기에 이 책이 나올 수 있었습니다.

강좌에 대한 홍보가 나가고 얼마 되지 않아 낯선 분의 전화가 왔었습니다. 매경출판의 한은희 과장님이었습니다. 강좌 기획이 좋아 책으로 묶고 싶다는 의견을 내셨습니다. 한은희 과장님 같은 눈 밝은 편집기획자가 있었기에 귀한 강의가 이렇게 활자로 기록되는 영광을 누리게 되었습니다. 깊은 감사를 드립니다.

마지막으로 이 강좌는 문화관광부 무지개다리사업의 지원으로 이뤄졌습니다. 무지개다리 사업의 담당자인 인천문화재단 정지은 과장이 이 강좌의 취지를 십분 이해해 주었던 덕에 성공적으로 사업이 마무리될 수 있었음을 밝혀 둡니다.

2014년 3월
인천문화재단 한국근대문학관 관장 이현식

Contents

Lesson 1

《레 미제라블》과
혁명기 파리

by 오은하 인천대 교수

빅토르 위고(Victor-Marie Hugo, 1802~1885)

프랑스의 시인이자 극작가. 낭만주의의 거장으로 자유주의적, 인도주의
적 경향을 풍부한 상상력과 장려한 문체와 운율로 나타내었다.

형 아베르와 함께 낭만주의 운동에 공헌한 잡지《*Conservateur Littéraire*》
를 창간하였다. 1822년에 첫 시집《오드와 기타(Odes et poésies diverses)》
로 호평을 받았다. 이 밖에도 시는《오드와 발라드(Odes et ballades)》
(1826),《동방시집(Les Orientales)》(1829), 소설《아이슬란드의 한 (Han d'
Islande)》(1823)이 있다. 1827년에 발표한 희곡《크롬웰(Cromwell)》(1827)
은 낭만주의 문학의 선언이라 할 만큼 고전주의를 비판하였다.

1830년 7월 혁명이 일어날 무렵부터는 인도주의와 자유주의로 기울
어, 시《가을의 나뭇잎(Les Feuilles d'automne)》(1831),《빛과 그림자
(Les Rayons et les ombres)》(1840)와 희곡《마리옹 드 로름(Marion de
Lorme)》(1831),《뷔르그라브(Les Burgraves)》(1843) 등을 발표하였다.
특히 소설로는《노트르담 드 파리(Notre Dame de Paris)》(1831)가 있다.
1843년 딸이 센 강에서 익사하자, 비탄에 빠져 약 10년간 문필을 중단하
고 정치에 관심을 쏟았다. 1848년의 2월 혁명 이후에는 공화주의에 기
울어, 1851년에 루이 나폴레옹이 쿠데타로 제정을 수립하려고 하자 이
를 반대, 결국 망명의 길에 올랐다. 그동안《징벌시집(Les Châtiments)》
(1853),《정관시집(Les Contemplations)》(1856), 장편 소설《레 미제라
블 Les Misérables》(1862) 등을 발표하였다.

1885년에 사망한 후 국민적인 대시인으로 추앙되어 국장으로 장례가 치
러지고 판테온에 묻혔다.

《레 미제라블(Les Misérables)》(1862)

인도주의적인 세계관으로 일관된 파란만장한 서사시적 작품으로서 낭만주의 문학의 대표작이다. 조카들을 위해 빵을 훔친 장발장은 체포되어 19년 동안의 감옥 생활을 했다. 석방이 되었지만 전과자라는 사실만으로 냉대를 받게 된다. 세상에서 버림받아 추위와 굶주림에 떨고 있는 장을 미리엘 신부가 따뜻하게 맞아 주고, 이를 통해 새로운 사람으로 거듭난다. 이름을 바꾸어 마들렌느가 된 장은 시장이 되어 가난으로 고통받는 사람들을 도와 존경을 받게 된다. 그러나 자베르 경관만은 의혹의 눈길을 거두지 않는다. 그 무렵에 엉뚱한 사람이 장발장이라는 혐의를 받고 체포되어 재판을 받게 되자 장은 자수하여 다시금 감옥에 갇힌다. 그러나 그의 공장에서 일한 적이 있는 팡틴느와의 약속을 지키기 위하여 탈옥하고 그녀의 어린 딸 코제트를 데리고 파리로 도피하게 되었다. 코제트는 성장하여 마리우스라는 젊은이와 서로 사랑하는 사이가 되었다. 하지만 이를 못마땅하게 여긴 장은 코제트를 데리고 사람의 눈을 피하여 숨어 버렸다. 코제트의 행방을 모르는 마리우스는 깊은 절망감에 빠지게 된다. 그 무렵 일어난 6월 봉기에 뛰어든 마리우스는 온몸에 부상을 입게 되고 장은 그를 구해 내어 집으로 돌아온다. 이윽고 마리우스는 부상에서 회복되었고, 코제트와 결혼식을 거행하게 되었다. 장은 두 사람에게 자신의 과거를 이야기하고, 자기 재산을 넘겨준 뒤 숨진다.

《레 미제라블》이라는 서사와 한국 사회의 만남

다 아시다시피 《레 미제라블》은 빅토르 위고가 쓴 소설입니다. 1862년 프랑스에서 발표되었으니 150년 정도 된 작품이네요. 이 소설이 사람들 입에 오르내리고 화제가 된 것은 2012년 겨울에 영화화되어 굉장한 흥행을 기록했기 때문입니다. 외국 영화, 그것도 뮤지컬 영화가 그렇게 흥행 가도를 달리는 예외적인 상황이 이상해서 당시 '왜 그럴까?'에 대한 추측이 많았던 것으로 기억합니다. 영화의 감독 역시 우리나라 언론과의 전화 인터뷰에서, 자기도 왜 한국 사람들이 이 영화를 좋아하는지 모르겠다고, 본인도 신기하니 이유를 알면 좀 설명해 달라고 했다는 에피소드도 있었습니다.

영화 《레 미제라블》의 인기에 대한 해석으로 가장 유력했던 의견은 '대선 결과에 실망한 사람들에게 위로를 주는 영화였기 때문이다'라는 것이었습니다. 원작 《레 미제라블》의 배경인 혁명기의 파리와 2012년 대선을 치러 낸 우리나라의 상황에 역사적 유사점이 있었다는 말이지요. 저는 본 강의를 통해 이 영화가 2012년과 2013년의 한국 사회에서 왜 그렇게 반향을 일으켰는지 설명하기 위해 원작이 탄생한 시대로 돌아가 몇 가지 사실을 말씀드리려고 합니다.

《레 미제라블》에 나타난 혁명기 파리의 모습

   《레 미제라블》은 '비참한 사람들', '불쌍한 사람들'이라는 뜻입니다. 이 삽화는 굉장히 유명하죠. 코제트의 얼굴 뒤에 삼색기를 배치하여 뮤지컬 포스터로 사용되기 시작하면서 더 유명해졌는데요. 원판은 책의 표지가 된 그림입니다. 5살밖에 안 된 헐벗은 코제트가 자기 키보다 훨씬 큰 비를 들고 빗자루질하는 모습을 표현한 삽화로, 삽화의 코제트 얼굴을 당시 프랑스의 비참한 사람들의 상징이라고 보아도 무방합니다.

   위고는 왜 비참한 사람들의 이야기를 쓰려고 한 걸까요? 그 이야기를 쓸 수밖에 없었던 당시 사회상은 어떤 모습일까요?

작품의 배경: 프랑스 혁명 중 6월 봉기

   아시다시피《레 미제라블》의 배경은 프랑스 혁명기입니다. 프랑스 혁명이라고 하면, 대부분 1789년 프랑스 대혁명을 떠올리시는데, 프랑스 혁명은 한 번으로 끝나는 게 아니라 혁명, 반혁명, 내란,

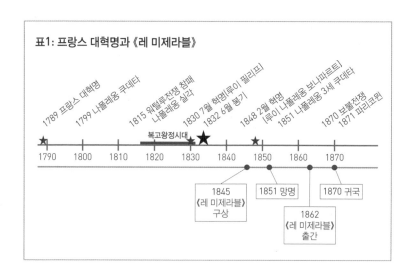

표1: 프랑스 대혁명과 《레 미제라블》

1789 프랑스 대혁명
1799 나폴레옹 쿠데타
1815 워털루전쟁 참패 나폴레옹 실각
1830 7월 혁명(루이 필리프)
1832 6월 봉기
1848 2월 혁명 (루이 나폴레옹 보나파르트)
1851 나폴레옹 3세 쿠데타
1870 보불전쟁
1871 파리코뮌

복고왕정시대

1790 1800 1810 1820 1830 1840 1850 1860 1870

1845 《레 미제라블》 구상
1851 망명
1870 귀국
1862 《레 미제라블》 출간

폭동, 봉기를 거치면서 100년간 지속되는 양상을 보입니다.

100년이나 지속되었던 혁명 기간의 무수한 사건들 중, 빅토르 위고는 1832년의 6월 봉기를 작품의 주된 배경으로 삼았습니다. 그 시기의 무수히 많은 사건 중 하나였고, 단 2일 만에 진압되었으며, 더 이상 반향을 넓히지 못하고 실패한 봉기였는데 왜 그를 확대 조명하였을까요? 혁명기 프랑스의 모습을 먼저 이야기하도록 하겠습니다.

영화의 한 장면을 소개하겠습니다. 라마르크라는 장군의 장례식인데요. 민중의 편이라고 생각되던 사람이죠. 장면의 흐름은 대략 이렇습니다. 장례식이 집회가 되었다가, 집회가 유혈 사태가 되고,

마지막에 바리케이드를 쌓는 것으로 끝나는데요. 집회가 이뤄지는 공간이 바스티유 광장입니다. 바스티유 광장이라고 하면 프랑스 혁명의 상징과도 같은 곳입니다. 그런데 대혁명으로 무너지고 잔해만 남은 빈 터에 코끼리 모형 같은 것이 서 있는 당시의 바스티유 광장은 사람들이 움막을 짓고 살던 판자촌, 버려진 사람들이 살아가던 곳이었어요. 이 장면 안에 당시 사회상을 엿볼 수 있는 다양한 요소들이 있는데요. 하나씩 짚어 가며 이야기해 보도록 하겠습니다.

혁명기 거리의 상징: 바리케이드와 혁명기 파리 사람들의 에너지

영화 안에는 바리케이드를 만들기 위해 사람들이 가구를 던져 주는 장면이 있었습니다. 바리케이드는 파리에서 계속된 혁명·반혁명 중 파리 시민들의 봉기나, 대도시에서 일어나던 소요 사태에서 상징처럼 등장합니다. 바리케이드는 기본적으로 약자들이 만드는 구조물입니다. 아무리 시민들이 많이 모인다 해도 조직적인 면으로 보나, 무장의 면으로 보나 상대가 안 되죠. 그래서 바로 맞서기보다 바리케이드를 만들고 숨었다 싸우다를 반복하기 위해 만드는 겁니다. 시초는 둥그런 술통으로부터 시작되었다고 해요. 굴렸다가 세워서 쌓으면 되니 편리하잖아요? 그런데 술통이 너무 비싸고 시위 중이라서 점차 구하기가 어려워져 주변에서 구할 수 있는 모든 것을 다 가져다 얹기 시작했다고 합니다.

- -

그 바리케이트를 바라보고만 있어도 그 구역의 광범위하고 단말마
적인 고통이 그 극단에 이르러, 절망이 차라리 파국을 원하게 된 상
태임을 느낄 수 있었다. 그 바리케이드가 무엇으로 구성되어 있었을
까? 7층 건물 셋을 일부러 무너뜨려 축조하였다고 말하는 이들도 있
었다. 반면 다른 이들은 온갖 분노가 이루어 낸 기적이라고 하였다.
그 바리케이드는 증오가 세운 모든 건축물의 면모를, 즉 폐허의 모습
을 띠고 있었다. "누가 저것을 세웠지?" 그러한 질문을 던질 수 있는
동시에 이렇게 물을 수도 있었을 것이다. "누가 저 꼴로 파괴했나?"
그것은 감정의 부글거림이 즉흥적으로 만들어 놓은 작품이었다. (중
략) 그것은 포석들과 석회, 대들보, 철 막대, 행주, 깨진 타일, 지푸라
기가 떨어져 나간 의자, 양배추 심, 넝마, 누더기, 그리고 저주 등의
합작품이었다. 그것은 거대하면서 동시에 왜소하였다. 그것은 대혼
란이 즉석에서 우스꽝스럽게 모방해 놓은 심연이었다. (중략) 그 기
괴한 무더기 위에 파도의 미친 듯한 노기가 인영되어 있었다. 무슨
파도였을까? 군중이라는 파도였다. 군중의 요란한 고함이 응고되어
있는 것 같았다.

- -

앞의 대목에서 묘사하는 것은 1848년 2월 혁명의 바리케이드예요. 1832년으로부터 16년 후인데, 위고도 이렇게 이야기합니다. 16년간 쌓인 노하우가 굉장해서 소설 속 6월의 바리케이드는 아직 그에 미치지는 못한 작은 크기였다고 말이죠.

시내에서 벌어지던 무장 투쟁이 늘 바리케이드를 쌓는 것으로부터 시작되었으니, 2월 혁명 때는 골목마다 세워진 바리케이드가 파리 시내에 1,000여 개가 되었다고 합니다. 얼마나 많이 만들었는지, 정부 입장에서는 얼마나 거슬렸을지도 상상이 되시죠? 지금의 파리 도로 모습을 보면 1850~1860년대에 집중적으로 정비했던 도로 모양 그대로입니다. 파리의 중심인 개선문에서 샹젤리제 12개 대로가 연결되어 있는 모습인데 실제로 가 보면 굉장한 규모의 도로들입니다. 자동차도 없던 시기에 이렇게 큰 도로들을 무엇 때문에 만든 걸까요? 중요한 목적 중 하나가 바리케이드 방지이기도 했다고 합니다.

당시 중산층 이상의 시민이 가장 두려워하는 두 가지 중 하나는 전염병, 나머지 하나는 도시의 폭동이었다고 합니다. 당시 파리에 하수구 시설이 잘 되어 있지 않아서 바닥이 오물로 가득한 사진을 보신 적 있나요? 파리 인구는 급격히 증가했지만 기반 시설이 잘 되어 있지 않은 문제를 해결하기 위해 대대적으로 도시 정비 사업을 벌였지만, 숨겨진 의도 중 하나는 반정부 세력이 바리케이드를 쉽게 만들지 못하게 하고 군대의 진입을 원활하게 하기 위한 것이었다고도 하지요. 얼마나 바리케이드 때문에 골머리를 앓았는지 느껴지시나요?

혁명기 사람의 상징: 가브로슈의 등장과 7월 왕정 시대의 모습

영화에서 노래하는 꼬마 이름이 가브로슈입니다. 가브로슈라는 아이는 그냥 길에서 사는 아이예요. 부모에게 버림받은 부랑아인데 길거리를 집으로 삼아 자유롭게 살아요. 영화에는 거지들과 가브로슈의 친구들이 많이 등장하는데요. 그만큼 거리를 떠돌아다니는 아이들이 많았다는 겁니다. 위고는 가브로슈가 부르는 노래로 당시의 사회상을 많이 그리는데, 이후에 '가브로슈'가 한 개인의 이름이 아닌, 부랑아나 자유롭게 다니는 꼬마를 이르는 고유 명사가 됩니다. 들라크루아의 〈민중을 이끄는 자유의 여신〉이라는 그림, 다들 아시죠? 7월 혁명을 주제로 그린 그림이죠. 이 그림의 오른쪽에 있는 꼬마가 가브로슈의 모델이라는 설도 있습니다. 그만큼 혁명에 다양한 계층의 동의를 얻고 있었다는 말이기도 하지요.

7월 혁명 이야기를 조금 하지요. 7월 혁명 이후, 비록 공화정은 아니었지만 입헌군주제가 수립되었고, 산업 혁명으로 급격한 산업화를 맞이하게 됩니다. 루이 필리프가 산업자본가들에게 기회를 주었기 때문에 보통 사람들에게는 훨씬 힘든 시기가 된 거죠. "혁명으로 인해 잘될 거라고 생각했는데 왜 더 힘들어지나? 지난번 왕보다 나아진 게 없다. 지난번에는 자유를 위해 싸웠다면 이제는 **빵**을 위해 싸운다." 이것이 7월 왕정 시대 사람들의 생각을 반영하는 가브로슈의 노래입니다. 프랑스의 유명한 풍자 화가인 오노레 도미에의 〈가르강튀아〉라는 그림은 7월 왕정 시기의 분위기를 잘 보여 줍니다. 루이 필리프의 별명이 은행가, 자본가 들의 왕이었는데요. 그림에는 루이 필리프의 캐리커처가 나옵니다. 입을 쩍 벌리고 노동자, 농민, 가난해 보이는 사람들이 가져온 것들을 집어삼켜 배를 채웁니다. 루이 필리프가 앉은 의자 아래에는 유복한 지배 계층 사람들이 숨어서 떨어지는 떡고물을 받아먹고 있습니다. 가르강튀아는 전설 속의 거인 왕인데, 식욕이 아주 왕성한 왕이지요.

혁명기 파리에서 빅토르 위고의 위치와 《레 미제라블》의 탄생

정치가로서의 빅토르 위고: 코끼리 구조물이 《레 미제라블》에 등장한 이유

앞에서 말씀드린 바스티유 광장의 코끼리 구조물은 가브로슈의 집입니다. 추울 때면 가브로슈는 버려진 코끼리에 들어가서 자기도 하고 다른 친구들을 재워 주기도 합니다. 코끼리는 나폴레옹 시대에 계획되었다가 결국에는 만들어지지 못합니다. 집권 시기에 나폴레옹은 자신의 위세, 정복, 승리를 상징할 구조물을 바스티유 광장에 세우고 싶어 했습니다. 청동 코끼리를 만들어 그 위를 전망대로 사용하려고 했는데, 나폴레옹이 권력을 잃으며 그 계획도 사라졌다고 합니다. 청동으로 뜨기 전에 나무 코끼리를 만들었는데 그것이 방치된 거죠. 권력자의 야심을 보여 주려던 것이 흉물이 되고, 버려진 아이들이 그것을 거처로 삼는 모습을 볼 수 있습니다. 이후에는 하도 쥐 떼가 끓어서 금방 철거되었습니다.

위고는 《레 미제라블》을 여러 정치적 사건으로 쓰지 못하다가 망명지에서 집필을 하는데요. 1851년에 외딴 영국령 섬에서 쓰기 시작해 1862년에 출간하면서 굳이 옛날 코끼리 이야기를 씁니다. 이 맥락을 이해하기 위해서는 위고를 알아야 하는데요. 위고는 유명한 시인, 극작가이자 소설가인데 정치가이기도 했습니다.

젊은 시절에는 복고 왕조를 찬양하는 시를 쓰기도 했고, 7월 혁명 때는 루이 필리프를 지지했습니다. 나중에 루이 필리프가 상원위원에 임명해서 의원으로 활동하기도 했지요. 이랬던 위고가 1848년에는 공화주의자가 되었습니다. 그럼에도 불구하고 루이 나폴레옹 보나파르트를 지지했습니다. 루이 나폴레옹은 나폴레옹의 조카라는 사실만 알려졌지 행적이 불분명한 사람이었습니다. 그런데 대통령에 선출된 루이 나폴레옹이 쿠데타를 일으켜 황제가 되었고, 그러자 위고는 거리로 뛰어나가 시민들에게 바리케이드를 치라고 하며 시위를 독려했습니다. 새로운 황제는 위고가 잡아넣기에는 너무 거물이라서 위고의 아들 둘을 먼저 구속시킵니다. 그래서 위고는 벨기에로 망명하고 국가에서는 그에게 추방령을 내려 프랑스로 돌아올 수 없게 되죠. 위고는 벨기에에서 〈꼬마 나폴레옹〉이라는 소책자를 펴내 나폴레옹 3세의 독재를 조목조목 비판하고 조롱하기도 했습니다. 망명자 신분으로 벨기에에 있다가 영국령 섬에도 있게 되는데 그 시기에 《레 미제라블》을 쓰고 출간했습니다.

위고가 작품에 코끼리 구조물을 등장시킨 것은 나폴레옹 3세에게 나폴레옹 1세를 떠올리게 하기 위함이었던 것입니다. '너희 삼촌 나폴레옹 1세의 최후를 기억하라. 이것이 독재자의 최후다.' 이런 걸 보여 주고 조롱하려는 의도를 깔고 굳이 코끼리 구조물을 발굴해서 쓴 게 아닌가 합니다. 당시 독자들도 그의 뜻을 찰떡같이 잘 알아들은 거죠. 위고는 망명함으로써 대단한 반체제 인사가 되었습니다. 언론 통제가 심했던 나라의 밖에서 망명자 신분으로서만 이야기할 수 있는 국민들의 불만을 말해 주었기 때문입니다. 그래서 1862년에 《레 미제라블》이 벨기에에서 출판되어 프랑스로 들어왔을 때에도 매우 인기가 있었다고 합니다. 당시 프랑스에서 글을 아는 사람이라면 전부 《레 미제라블》을 읽었다는 말도 있을 정도로 열풍이었다고 해요. 호기심, 반가움, 고마움이 다 포함된 것이겠죠.

당시 문단의 평가: 시대착오적 괴작《레 미제라블》

대중들은《레 미제라블》의 진보주의나 박애에 감동했지만 문학
계의 평은 냉담했습니다. 1862년은 낭만주의가 지나가고 사실주의
소설이 전성기를 누리던 시기였어요. 일례로 1857년에《보바리 부
인》과 같은 작품들이 발표되었습니다.《보바리 부인》은 알고 계시
죠? 신문 가십 기사 같은 내용이라고 해도 과언이 아닙니다. 여자가
사치와 불륜을 일삼다가 빚을 못 갚아서 자살했다는 진부하고 통속
적인 이야기인데 작가는 이 아무것도 아닌 이야기를 문체의 힘으로
걸작으로 만들어 냅니다. 즉, 바라보는 서술자의 위치를 정교화하
던 시기에 위고는 굉장히 시대착오적 작품을 가지고 나온 거예요.
민중주의 소설에서 많이 보던 요소들이 섞여 있고, 낭만주의적이며
전지적 작가가 장광설을 늘어놓는 이야기를 파리 문학계에 던져 놓
은 셈입니다.

문단에서는 '시대착오적 괴작'이란 이야기를 많이 했습니다. 사
건은 굉장히 놀랍고 주인공은 너무 비범하고 계속 생겨나는 우연의
남발이 지금 봐도 좀 멜로드라마 같은 속성을 지닌 게 사실이에요.
"대중의 취미에 영합한 작품이다. 발자크와 디킨스의 동시대인이
어떻게 사회를 이렇게 그릴 수 있는가" 하는 원성도 샀습니다. 문학
적인 엄밀함의 부족 말고 작품의 너무 급진적인 성격을 걱정한 사

람도 있었어요. 라마르틴이라는 시인은 이 작품이 두 가지로 위험한 책이라고 평가했는데요. 첫째, 행복한 사람을 너무 두렵게 하고, 불행한 사람에게 너무 희망을 품게 한다, 둘째, 인간을 현혹하여 인간의 비참함이 완전히 소멸될 수 있다는 불가능한 희망을 품게 한다는 것이었습니다.

억눌린 사람들의 이상을 그린 작품 《레 미제라블》, 오늘날 감동으로 다시 쓰이는 맥락

혁명기, 억눌린 사람들의 이상이 존재하던 시기

그렇다면 《레 미제라블》은 왜 그렇게 이상적인 세계를 그렸을까를 생각해 보지 않을 수 없습니다. 작품에는 공화주의자 청년들의 단체로 'ABC의 벗(프랑스어로 발음하면 억압받는 사람들의 벗)'이라는 단체가 등장하는데요. 당시 청년들이 만들고자 했던 세계를 보여 주는 연설문을 읽어 보며 생각을 전개해 나가도록 하겠습니다.

시민들이여, 우리의 19세기는 위대하지만 20세기는 행복할 것입니다. 그때에는 낡은 역사를 닮은 것이 더 이상 없을 것입니다. 정복, 침략, 찬탈, 국가들 간의 무력 대결, (중략) 기아, 착취, 절망에서 비롯된 매춘, 실업으로 인한 극빈 상태, 처형대, 검, 전투, 사건들의 숲 속에서 벌어지는 온갖 약탈 행위 등을 더 이상 근심하지 않게 될 것입니다. (중략) 벗님들이여, 우리가 살고 있는 이 시각, 제가 그대들에게 말하고 있는 이 순간은 몹시 암울합니다. 하지만 이것은 미래를 얻기 위하여 지불하는 대가입니다. 혁명이란 통행세입니다. 오! 인류는 해방되고 다시 일으켜 세워져 위안받을 것입니다! 우리는 이 바리케이드 위에서 인류에게 그것을 약속하고 있습니다. 희생의 꼭 대기에서가 아니면 어디에서 사랑의 고함을 지르겠습니까? 오, 내 형제들이여, 이곳이 바로 생각하는 이들과 고통받는 이들의 합류 지점입니다. 이 바리케이드를 구성하고 있는 것은 포석도, 대들보도, 철물도 아닙니다. 이 바리케이드는 두 무더기로 구성된 바, 그것들은 이념의 무더기와 고통의 무더기입니다. 비참함이 이곳에서 이상과 조우합니다. 낮이 이곳에서 밤을 포옹하며 이렇게 말합니다. "내가 이제 그대와 함께 죽으리니, 그대 나와 함께 부활하리라!"

사실 행복할 것이라고 했던 20세기를 이미 보내고 21세기를 살고 있는 우리 입장에서 역사의 진보에 대한 이토록 강한 믿음은 어뗳게 보면 순진해 보이기도 합니다. 하지만 혁명기 청년들은 역사의 진보를 강하게 믿고 있고, 의지를 가지고 있습니다. 이 사람들에게는 인류가 그때까지 이뤄 낸 진보가 굉장하게 느껴졌을 겁니다. 이제까지 인간을 억압하던 많은 미신들과 인간이 자연으로부터 위협을 느끼게 하던 땅, 하늘, 바다, 괴물을 모두 정복한 시기가 19세기였습니다. 당시 사람들은 땅은 증기 기관차로, 바다는 증기선으로 정복했고, 하늘도 막 정복하려는 찰나에 있다고 생각했습니다. 사람들은 자신들이 제어하지 못하는 자연으로부터 느끼던 엄청난 두려움을 하나씩 벗겨 내고 빛을 비추는 경험을 만들어 내던 시기였습니다.

이때와 지금을 비교해 보면 기술 발달에 의한 자연 정복은 이들이 상상할 수 없을 만큼 진전되었지요. 하지만 그들이 말하는 이상, 사회적 진보로 옮겨 가면 그것은 여전히 우리의 이상으로 남아 있습니다. 여전히 우리의 숙제이기도 하고요. 지금 우리는 앞날을 저렇게 밝게 전망하지 못합니다. 인류의 힘에 대한 믿음, 보다 나은 미래에 대한 의지, 인류애와 자기희생 정신. 이는 오늘날 21세기 우리에게 감동적이기는 하지만 현실적이지는 않은 다른 정서로 느껴집니다.

왜 21세기를 살아가는 우리는 《레 미제라블》에 열광하는가?

이번에는 위고가 쓴 《레 미제라블》의 서문을 함께 보겠습니다.

빈곤으로 말미암은 인간 존엄성의 훼손과 기아로 인한 여인의 추락
과 무지로 인한 아이의 퇴행 등, 금세기의 이 세 문제가 해결되지 않
는 한, (중략) 다시 말해 이 지상에 무지와 가난이 존재하는 한, 이
책과 같은 성격의 책들이 무용지물일 수는 없을 것이다.

지금 우리가 이 이야기에 열광하는 것을 보면 여전히 무지와 가
난이 존재하는 이 지상에 달라진 것은 많지 않은가 봅니다. 우리 사
회가 《레 미제라블》에 열광하는 이유 역시 이런 문제가 심각하기 때
문이 아닌가 생각해 봅니다. 대혁명 이후에도 여전히 불평등과 빈
곤이 팽배했던 프랑스 사회, 그리고 지금 우리나라 사회의 유사점
때문에 관객들이 영화에 열광했던 것은 아닐까요?

앙졸라스 청년의 연설과 위고의 서문에는 맞닥뜨린 문제를 어떻
게든 해결해야 한다는 강렬한 정신이 있는 것이 사실입니다. 현재
의 우리는 문제는 있고 이상(理想)은 없는 세상에 살고 있지요. 문

제를 해결해야 한다고 강렬하게 생각하지 않습니다. 해결의 의지가 나올 수 있는 전제는 인류에 대한 사랑인 것 같습니다. 자기 이기심에 갇혀 생각한다면 나올 수 없는 의지인 셈이죠. 저는 그런 의미에서 이 책이 박애에 관한 이야기라고 생각합니다. 우리가 프랑스 혁명을 이야기할 때 3대 정신을 이야기하는데요. 자유, 평등, 박애(또는 형제애)라는 정신 중 자유와 평등에 대해서는 무수히 많은 이야기가 있는데, 박애에 대해서는 김빠진 휴머니즘 정도로 취급합니다. 의심의 눈초리로 바라보죠. 그런데《레 미제라블》이라는 소설이 박애의 중요성을 부각시키고 그것이 어떻게 문제의 해결책이 되는가를 진지하게 다룬 작품이 아닌가 하는 생각을 했습니다. 초반에 등장하는 미리엘 신부 이야기 역시 박애 때문이라고 생각합니다.

실패 속에 있는 구원을 그린 작품《레 미제라블》

실은 위고는 승리에 관해 쓰고 싶어 한 건 전혀 아닙니다. 오히려 가망 없는, 실패할 수밖에 없는 일에 대해 쓰려 했던 것 같습니다. 사람들은 혁명에 지쳤고 7월 혁명이 일어난 지 2년도 안 됐는데 다시 학생들이 움직이기 시작하면, 일반 시민들은 아마 동조하기 힘들었을 겁니다. 위고는 오히려 처참하게 실패한 항쟁을 중점적으로 다루었고 실패한 혁명에 대해서만 썼습니다.

전체 소설의 결말 역시 희망차지 않습니다. 장발장이 쓸쓸하게 죽고 그 무덤 묘사로 끝이 나지요. 즉, 현실 세계의 승리나 성공에 대한 기대를 그린 작품은 아니라고 생각합니다. 하지만 장발장은 유한한 이 세계를 넘어서는 '무한'과 대면하고 무한을 향해 가는 사람입니다. 장발장이라는 인물은 노예와 같은 처지에 있었지만 자기 운명의 주인이 되어 누구도 능가할 수 없는 행동을 하는 사람으로 진보합니다. 이에 프랑스 혁명기 사람들의 요구나 정서가 깃들어 있었던 것 같습니다. 이제 내가 내 삶의 주인이 되고 싶다는 욕구 말이죠.

19세기 중반 사람들이 《레 미제라블》을 열광적으로 받아들인 것처럼 오늘날 우리가 관심을 가지고 보았던 것은 서양 근대를 다시 생각해 봐야겠다는 공감대가 있었기 때문인 것 같습니다. 우리는 서양 근대 산물을 과정과 경험 없이, 어느 날 갑자기 맞닥뜨리게 됩니다. 저 멀리서 힘겹게 이룬 보통 선거, 공화주의, 의무 교육과 같은 것들을 어느 날 갑자기 받아서 당연하게 영위했죠. 그것들이 만들어진 과정을 알고 싶은 공감대가 이 작품을 마음 깊이 받아들이도록 한 것은 아니었나 하는 생각을 합니다. 근대를 형성하는 과정을 보여 주되 그중에서 가장 절망적으로 보이는 실패의 이야기를 보여 주면서 역설적으로 그 실패 속에서 구원의 가능성을 보게 만드는 텍스트의 힘이 컸던 것 같습니다.

북토크

빅토르 위고의 다른 작품 《노트르담 드 파리》와의 비교

《노트르담 드 파리》도 위고의 소설로 뮤지컬이 된 작품입니다. 요즘 위고의 작품이 원 소스 멀티 유즈(one source multi use)의 굉장한 모범 사례인 것 같네요. 연극, 드라마, 게임, 만화, 애니메이션까지 매우 다양하게 사용되고 있습니다.

《노트르담 드 파리》는 위고가 젊은 시절에 쓴 책입니다. 그때만 해도 보수적 왕당파 젊은이였지요. 《레 미제라블》의 급진적 위고는 아니었습니다. 하지만 '비참한 사람들'에 대한 관심은 마찬가지였죠. 《노트르담 드 파리》는 읽어 보면 복잡, 기괴하고 낭만적인 분위기 속에서 주변부 인생들을 조명하고 있습니다. 파리의 노트르담 대성당 주변에 지금으로 말하자면 불법 체류자, 집시들이 살았다고해요. 그곳을 철거하려 하자 살 권리를 달라고 했던 사람들이기도하죠. 사회에서도 가장 가장자리에 있던 사람들의 생활상에 관심을 가지고 그에 귀 기울였다는 게 위고의 특징이라면 특징인 것 같습니다. 위고는 보수적 정치인으로 사회 안정을 중시하고 혁명 봉기를 피하려는 사람이었음에도 불구하고 보수파 상원 의원으로서 국회에 나가 연설하면 좌파와 우파 모두가 "저게 뭐야?" 했다고 해요.

그 당시 사람들이 관심 갖지 않는 문제를 굉장히 집요하게 파고들었다고 전해지죠. 사형제 폐지와 같은 당시로서는 급진적인 제안도 서슴지 않았다고 합니다.

빅토르 위고의 인도주의나 인류애가 드러나는 일화

위고가 영국의 외딴 섬으로 망명을 갔을 때, 일주일에 한 번씩 식사를 멋지게 차려서 가난한 동네 꼬마들을 초대했다고 해요. 그래서 그 이야기가 전파되면서 전통이 되고 운동이 되었다고 하네요. 위고는 젊을 때는 보수적이다가 나중에 급진적인 태도가 보여요. 젊은 시절을 살펴보면 굉장히 야심만만하고, 출세하고 싶어 하는 사람 같은데 보통 사람들이 나이가 들수록 보수적이 되는 경향과 거꾸로 가는 것을 보면서 신기하다고 생각했습니다. 위고의 작품 저변에는 항상 휴머니즘, 가장 약한 자들에 대한 사랑이 깔려 있는데 어떻게 그런 성정을 가지게 된 건지, 노력인지, 타고난 것인지는 잘 모르겠지만 위고도 장발장처럼 성찰하는 휴머니즘의 길을 가려고 애쓴 것 같습니다.

《레 미제라블》에서 빼놓을 수 없는 캐릭터 자베르

표창원 교수가 자베르를 칭찬하는 글을 쓰기도 하셨죠. 엄정한 법 집행자, 오로지 법과 원칙에 따라 판단하는 사람이 필요하다고 쓰셨어요. 그는 법과 원칙이 자기보다 더 큰 무엇이어서 반드시 그에 따라 살아야 한다고 생각하는 사람인데요. 장발장과 자베르는 대비되는 인물입니다. 장발장은 용서와 관용을 이야기하는데, 자베르는 그런 관용이 무질서를 만들며 사회를 어지럽힌다고 여기죠. 두 사람은 각각 서로의 원칙이 타협될 수 없는 것임에도 불구하고 서로를 존경합니다. 장발장도 나중에 자베르를 받아들이게 되지요. 자베르는 장발장을 놓아주고 그 때문에 예외를 만들었다는 생각으로 자살하고요. 요즘 워낙 법, 원칙, 질서가 힘의 논리에 흔들리다 보니 자베르 같은 사람이 사회 곳곳에 있어서 지탱해 주어야 한다는 요구가 생기는 것 같습니다.

Lesson 2

톨스토이의 《안나 카레니나》와 진정한 행복의 의미

by 이병훈 아주대 교수

레프 톨스토이(Lev Nikolayevich Tolstoy, 1828~1910)

러시아의 수도 모스크바에서 남동쪽으로 200여 킬로미터 떨어진 야스
나야 폴랴나에서 태어났다. 도스토옙스키와 함께 19세기 러시아 문학을
대표하는 작가이자 사상가이다. 1847년 카잔대학교를 중퇴하고 1851
년에 군대에 들어가 카프카즈에서 사관후보생으로 복무하였다. 군 복무
중 1852년에 처녀작《유년 시절(Detstvo)》을 익명으로 발표하여 시인이
자 잡지 편집자였던 네크라소프로부터 격찬을 받았다. 그 후《소년 시절
(Otrochestvo)》(1854),《세바스토폴 이야기(Sevastopoliskie Rasskazy)》
(1854~1856) 등을 집필하여 청년 작가로서의 지위를 확립하였다.

1812년 나폴레옹 전쟁 당시 러시아 사회를 그린《전쟁과 평화(Voina i
Mir)》(1864~1869)를 발표하고, 이어《안나 카레니나(Anna Karenina)》
(1873~1876)를 완성하였다. 그러나 그 무렵부터 죽음에 대한 공포와 삶
의 의미에 대해 심한 정신적 동요를 일으켜 종교에 의탁하였다. 그리고
《교의신학비판》(1880),《참회록 Ispoved'》(1882),《나의 신앙(V chem
Moya Vera)》(1884) 등을 통하여 자신의 사상을 체계화했다.

러시아 정교회에 속하지 않는 성령부정파교도들을 미국에 이주시키기
위한 자금 조달을 목적으로 장편 소설《부활(Voskresenie)》(1899)을 발
표했다. 이 작품에서 동방정교회에 대해 비판했다는 이유로 1901년에
종무원으로부터 파문을 당한다. 1910년에《인생의 길》을 발표하고 가출
후 순례 중 아스타포보(현 톨스토이역)의 역장 관사에서 사망했다.

《안나 카레니나(Anna Karenina)》(1873~1876)

상트페테르부르크에 사는 안나 카레니나는 오빠인 스테판 오블론스키 공작이 가정 교사와 바람을 피운 사실이 발각되어 불화 중인 부부를 화해시키기 위해 모스크바로 간다. 오빠 부부는 화해하지만 안나는 그곳에서 만난 젊은 백작 브론스키와 염문을 뿌리게 된다. 키티는 브론스키의 청혼을 기다리며 점잖은 귀족 레빈의 청혼을 거절했지만 안나가 브론스키와 함께 있는 모습을 보고 절망한다. 레빈 역시 키티에게 거절당한 후 낙담하여 시골로 돌아간다. 그 후 안나는 남편 카레닌과의 애정 없는 생활에서 벗어나 브론스키와 밀회를 계속하다가, 마침내 카레닌에게 사실을 대담하게 고백하고 이혼을 요구한다. 하지만 카레닌은 사회적 파장을 고려하여 이혼을 거절하고 표면적인 관계를 유지하려고 한다. 안나는 그럴수록 그에 대한 증오심이 커져감을 느낀다. 결국 안나는 브론스키의 딸을 낳고 가족은 물론 귀족 사회의 지탄을 받고 상류 사회에서 추방된다. 브론스키의 식어 가는 사랑에 질투와 광기로 예민해진 안나는 그에 대한 복수심으로 화물열차에 몸을 던져 자살한다. 한편 키티와 레빈은 우여곡절 끝에 진정한 사랑을 확인하고 결혼 후 행복한 가정을 꾸린다.

톨스토이에 관하여

톨스토이의 《안나 카레니나》라는 소설을 여러분과 같이 읽고 작품의 현대적 의미를 이해해 보려고 합니다. 제가 이제까지 읽었던 수많은 소설 작품 중에서 단 한 편을 꼽으라면 주저 없이 톨스토이의 《안나 카레니나》를 꼽을 겁니다. 《안나 카레니나》는 톨스토이의 수많은 작품 중 단연 최고의 소설이고요. 소설이라는 장르가 서양에서 형성된 이후 수많은 작품이 세상에 나왔지만 《안나 카레니나》는 그중 가장 훌륭한 소설 중 하나입니다.

어떻게 그런 단정적인 말을 하느냐고 생각하시는 분도 있겠지만 《안나 카레니나》는 서양 사람들이 만들어 온 소설이라는 장르의 모든 장점을 다 가지고 있는 그런 작품입니다. 그런 점에서 오늘 제 강의가 계기가 되어 여러분들이 소싯적 읽으셨던 《안나 카레니나》를 다시 읽어 보는 기회가 되었으면 좋겠습니다.

저는 이 작품을 여러 번 읽었습니다. 그런데 작년에 톨스토이 공부를 마음먹고 다시 하며, 이 작품을 읽었을 때의 감동은 제가 30대, 40대에 읽었을 때와 사뭇 달랐습니다. 여기 계신 여러분은 20대부터 60대, 70대까지 다양하십니다. 지금까지 경험하신 삶, 세상 혹은 삶에 대한 가치관 이런 것들이 끊임없이 변하잖아요? 지금의 나와 과거의 나는 다릅니다. 그렇듯 자신이 살아온 경험과 삶에 대한 가치관이 고전을 읽으며 부딪치고, 서로 엉키면서 그때그때 새로운 감동이 전해지지 않나 생각합니다. 20대 때는 연애 소설인 줄 알았는데 50대에 읽어 보니 아니더군요. 제가 이 자리에서 《안나 카레니나》가 왜 서양 소설의 최고봉인지 얼마나 생생하게 여러분에게 전달할 수 있을지는 의문이나, 관심이 있으시다면 귀담아 들어 주셨으면 합니다.

전쟁 체험과 자신의 존재 의미를 찾기 위한 사색: 《유년 시절》, 《소년 시절》, 《청년 시절》

톨스토이는 어린 나이에 어머니를 잃었습니다. 아버지가 죽은 후에는 1941년 카잔이라는 도시로 이주해 친척에게 위탁되어 교육을 받습니다. 카잔은 유럽 대륙과 아시아 대륙이 만나는 곳에 있는 도시입니다. 톨스토이는 카잔대학교의 동양어학부에 들어가 공부하게 됩니다. 카잔이 동서양이 만나는 경계에 있는 도시이므로 톨스토이가 동양의 전통과 서양의 전통이 공존하는 문화적 배경 속에서 교육을 받은 것이지요. 그가 공부했던 언어는 일어나 중국어가 아니라 주로 아랍어였습니다. 그러나 성적은 별로 좋지 않았어요. 고민을 많이 하며 대학을 중퇴했죠. 그리고 방탕한 생활을 했습니다.

카잔에서 몇 년을 지내지만 거기에서 적응하지 못하고 고민을 하다가 고향인 야스나야 폴라냐로 돌아옵니다. 지리적으로 모스크바 남동쪽으로 200여 킬로미터 떨어진 곳에 위치한 곳이죠. 지금도 가면 톨스토이 가문의 영지가 있습니다. 러시아국립박물관으로 잘 보존되어 있고요. 톨스토이 문학의 원천으로서 굉장한 의미를 갖는 공간이에요. 저는 세 번쯤 가 보았는데 갈 때마다 굉장한 감흥을 느꼈습니다. 아직도 광활한 벌판에 그림 같은 모습으로 서 있는 톨스토이 저택이 동화에나 나올 것 같은 풍경으로 방문객들을 맞이하고 있습니다. 그 안에 들어가 보면 톨스토이 문학이 이런 자연적 배경 속에서 나올 수 있었던 거구나 하는 것을 느낄 수 있습니다. 러시아적인 자연과 정신이 살아 있는 농촌, 그런 배경이 없었다면 과연 톨스토이 문학이 가능했을까 하는 깨달음을 얻게 되는 공간입니다.

그렇게 고향으로 돌아오지만 그의 방황은 멈추지 않습니다. 그래서 그 방황을 끝내기 위해 의도치 않게 순간적이고 즉흥적인 선택으로 형 니콜라이를 따라 카프카즈로 여행을 떠납니다. 1851년에 형과 같이 그곳으로 가 젊은 시절의 끝 무렵을 카프카즈에서 보냅니다. 그 지역에서 군대에 복무하게 되는데, 카프카즈 지역에서 톨스토이가 경험한 삶의 많은 에피소드들이 자신의 사상과 문학을 만들어 내는 데 굉장히 중요한 밑거름이 됩니다. 예컨대, 많은 작품들 《습격》, 《세바스토폴 이야기》, 《카프카즈의 포로》, 이런 작품들이 전부 다 이 시절 자신이 경험한 이야기를 바탕으로 해서 쓴 소설들입니다. 그 당시에 크림 전쟁이 발발했는데 톨스토이가 직접 그 전투에 참전하기도 합니다. 죽을 고비도 넘기죠. 전쟁이 얼마나 끔찍한지, 전쟁의 생생한 현장이 무엇인지를 절실하게 깨닫게 됩니다. 톨스토이가 전쟁을 직접 체험한 것은 후에 《전쟁과 평화》를 집필하는 데 도움이 됩니다.

전쟁과 관련된 작품을 쓰며 톨스토이는 인간에게 있어 전쟁의 의미와 전쟁과 뗄 수 없는 테마인 죽음에 대해서도 깊은 사유를 하게 됩니다. 죽음이라는 건 사실은 젊은 작가에겐 크게 중요한 주제가 아닐 수도 있었을 텐데, 톨스토이는 직접 전쟁 체험을 했기 때문에 젊은 시절부터 전쟁과 죽음이라는 테마를 다룰 수 있었던 것이지요. 군대 체험, 전쟁 체험뿐만 아니라 카프카즈에서 한 다양한 경험들로 인해 톨스토이는 자신의 과거, 현재, 미래에 대한 고민을 끊임없이 했던 것으로 보입니다. 그런 고민은 과거를 돌아보는 회상식 소설로 탄생하는데 유명한 3부작인 《유년 시절》, 《소년 시절》, 《청년 시절》이 그것입니다. 그중에서 《유년 시절》이 〈동시대인〉이라는 잡지에 발표되어 잡지 편집장이던 네크라소프라는 시인으로부터 극찬을 받죠. 그러면서 문단에 당당하게 작가로 등단합니다.

이런 에피소드들을 통해 톨스토이 문학의 시작이 다른 작가들과 비교해 특이한 측면이 있다는 걸 발견할 수 있을 겁니다. 하나는 인간이 경험할 수 있는 극한의 경험인 전쟁 체험을 하며 죽음에 대한 깊이 있는 사색과 문학적 탐색을 하게 되었다는 것이고, 그런 극한의 무겁고 심각한 주제는 자연스럽게 자신이라는 존재가 무엇인가 하는 질문으로 이어지게 되었다는 것입니다.

톨스토이 문학적 재능과 천재성의 증거: 《전쟁과 평화》

1861년 러시아 농노 해방을 계기로 톨스토이는 러시아 농민과 토지 문제에 상당한 관심을 갖게 됩니다. 그리고 평생 그 문제를 고민하죠. 이 와중에 톨스토이는 《전쟁과 평화》라는 엄청난 작품을 구상합니다. 1805년에 1부를 발표하는데요. 이 대장편 서사시에 등장하는 인물 수가 599명입니다. 톨스토이는 그 인물을 다 살아 있는 캐릭터로 창조하고, 그 사람들을 서로 엉키게 만듭니다. 이런 복잡한 이야기를 만들 수 있었던 것은 전쟁이란 사건이 있었기에 가능했던 건지도 모르겠습니다. 40대에 쓴 거니까 톨스토이의 문학적 재능과 천재성은 이 작품만 봐도 능히 가늠할 수 있습니다. 결국 젊은 시절의 전쟁 체험과 죽음에 대한 사색이 위대한 작품을 창조하는 원동력이 되었던 것이지요.

연재소설:《안나 카레니나》

오늘 이야기하려 하는 《안나 카레니나》는 1870~1871년 사이에 주변인들에게 보내는 편지, 일기에서 조금씩 언급됩니다. 1973년에 쓰기 시작한 연재소설이에요. 책을 처음부터 읽어 보면 아시겠지만 소설은 거의 비슷한 분량으로 나뉘어 있어요. 그래서 각각의 장들이 토막토막 잘려 있기 때문에 읽기에 어렵지 않죠. 자세한 이야기는 뒤에서 하겠습니다.

멈추지 않는 죽음에 대한 고민, 그리고 사상가로의 발돋움:
《이반 일리치의 죽음》,《부활》

톨스토이는 1882년에 유명한 중편 소설을 하나 쓰죠.《이반 일리치의 죽음》입니다. 역시 주제가 죽음이에요. 이를 보면 톨스토이 작품에서 차지하는 죽음의 비중을 알 수 있습니다. 1884년 톨스토이는 사상적 위기를 겪습니다. 종교에 완전히 귀의해서 이제까지 있던 모든 것을 다시 한 번 돌아보고, 이제는 작가, 소설가로서가 아니라 사상가로서의 면모를 갖게 되는 시기가 이때입니다. 이때부터는 종교적 문제, 인생에 대한 문제에 대해 쓰죠. 민중을 어떻게 교육시킬까, 토지를 어떻게 농민에게 돌려줄까 하는 문제도 중요한 주제였죠. 1886년 《사람에게는 어느 만큼의 땅이 필요한가》라는 우화를 쓰죠. 《사랑이 있는 곳에 신도 있다》, 《인생론》, 《종교론》, 《예술론》 이런 것들을 쓰기 시작한 것이 이 시기 이후입니다. 한참 문학 작품은 쓰지 않다가 《부활》이라는 작품을 쓰기 시작합니다. 1899년에 《부활》의 잡지 연재가 끝나죠. 이 작품은 톨스토이의 마지막 장편 소설인데, 그는 여기서 그동안 러시아 사회에 대해 고민했던 많은 문제들, 예컨대 민중과 지식인의 관계, 종교의 타락과 구원의 문제, 진정한 사랑의 의미 등을 다루게 됩니다.

《안나 카레니나》 살펴보기

《안나 카레니나》는 두 가지 구성으로 되어 있습니다. 안나와 브론스키의 불륜, 그들의 사랑 이야기가 이 작품의 가장 중요한 축입니다. 또 다른 축은 작가의 분신이라고 할 수 있는 레빈과 러시아의 순수한 영혼을 대변하는 여인 키티의 사랑입니다. 읽다 보면 안나와 브론스키의 이야기와 레빈과 키티의 이야기가 계속 번갈아 나오며 소설 구성의 근간을 이루는데요. 이렇게만 되면 소설이 단순할 수도 있는데, 여기에 끊임없이 당대 러시아의 사회 문제에 대한 레빈의 사색이 끼어들고, 농민들과 벌이는 재미난 에피소드들이 삽입됩니다. 이로 인해서 자칫 귀족 중심 이야기가 될 뻔한 이 소설이 러시아 민중, 농민의 진솔한 삶을 조명한 전체 러시아 이야기가 됩니다.

《안나 카레니나》는 톨스토이가 《전쟁과 평화》 이후 굉장히 공들인 작품입니다. 《전쟁과 평화》는 과거 일에 대해 쓴 작품입니다. 그는 과거의 위대한 이야기를 《전쟁과 평화》에서 다루고 있죠. 그에 비해 《안나 카레니나》는 현재 이야기입니다. 1873년이 실제 작품의 배경인데요. 이때부터 쓰기 시작하죠. 톨스토이가 왜 현재 이야기를 하는가라는 질문이 《안나 카레니나》를 이해하는 키포인트입니다. 《안나 카레니나》는 러시아의 붕괴된 세계를 묘사하고 있습니다. 가정의 파탄은 하나의 상징인데요. 톨스토이는 그것을 러시아의 현실적인 모습으로 사용합니다. 단순히 한 개인의 불행이 아니라 당시 러시아 사회, 러시아 전체의 정신적, 도덕적 위기라는 맥락에서 이해하는 것이 맞을 겁니다.

위대한 역사적 사건은 없지만 이 시대를 살며 아직 해결하지 못한, 모든 사람들이 개인적으로 안고 있는 해답이 없는 문제를 작품이 깊이 있고 방대하게 다루고 있다는 점이 고전으로서 《안나 카레니나》가 가지고 있는 위대한 측면입니다. 모든 인간이 다 안고 있는 해답 없는 문제란 무엇일까요? 작품을 읽어 보며 살펴보도록 하겠습니다.

1873년 겨울의 끝자락, 모스크바의 오블론스키 집은 모든 것이 뒤죽박죽이었고 사람들은 집주인의 누이인 안나 카레니나를 기다리고 있다. 가정불화의 원인은 오블론스키가 가정 교사와 바람이 났기 때문이다. 34세인 오블론스키는 아내 돌리에게 진정으로 사과했지만 자신의 잘못된 행동에 대해 깊게 뉘우치고 있지는 않았다. 선하지만 철이 없는 스티바(오블론스키의 애칭)는 이미 오래전부터 다섯 아이의 어머니인 아내를 사랑하지 않게 되었고 믿지 못하고 있었다.

수많은 장면 중 왜 이 장면으로 소설을 시작했을까요? 소설은 오블론스키 가정의 불화로부터 시작됩니다. 이 작품이 행복이란 무엇인가라는 질문으로 귀결된다는 관점으로 바라본다면 이 작품은 불행으로부터 시작합니다. 그런 점에서 첫 장면이 상당히 의미 있는 작품이죠. 불행의 씨앗은 무엇이며 해결은 어떻게 되는지, 그런 관점에서 독자들은 작품을 좇아가게 됩니다.

모스크바에 있는 한 관청의 책임자인 오블론스키는 자신의 일에 매우 무관심하다. 그는 어떤 일에도 관심이 없지만, 실수도 하지 않는

다. 스티바는 오랫동안 가정의 무질서와 경제적 어려움 때문에 괴로움을 겪지만 고급 레스토랑에서 점심을 먹는 습관은 버리지 못한다. 그는 모스크바의 최고급 레스토랑에서 자신의 동갑내기에다 시골에서 올라온 오랜 친구인 레빈을 만나 식사를 한다.

작품은 불행과 행복을 반복적으로 보여 주는 형식을 취합니다. 그러나 시작은 불행입니다. 불행으로부터 시작하는 것은 호소력이 있습니다. 톨스토이의 전략은 불행으로부터 시작하는 것입니다. 톨스토이 소설 미학의 핵심은 콘트라스트인데요. 그는 긍정적 인물과 부정적 인물을 끊임없이 대비시킵니다. 한 인물에 대한 반대 인물, 또 그에 대한 반대 인물을 아주 촘촘하게 구성하죠. 그렇게 소설의 구성을 축조해 나갑니다. 작품을 읽으면 금방 감지할 수 있을 거예요. 소설에서 가장 먼저 등장하는 콘트라스트는 오블론스키와 레빈의 만남입니다. 둘은 동갑내기 친구고 가치관, 삶의 관습, 세계관등 모든 취향이 서로 정반대예요. 이는 소설에서 중요할 수밖에 없습니다. 오블론스키와 대비를 이루는 레빈의 등장은 단순하지 않습니다. 레빈은 오블론스키와 비교하면 행복의 아이콘이지만 개별적 상황에서는 불행합니다. 한 개인, 모든 인물이 개별적인 삶의 상태에서 끊임없이 다양하고 다채로운 행복과 불행을 체험하죠. 조

금 더 상위 카테고리로 가면 그 인물 군과 다른 인물 군이 대비되며 더 큰 덩어리의 행복과 불행 이야기가 이어집니다. 소설에 나오는 모든 에피소드들이 생생하게 살아 있고 모순된 것처럼 보이지만 큰 그림에서 보면 사람들이 삶 속에서 경험하고 풀지 못하는 이야기를 깊이 있게 다루고 있다는 느낌을 받게 되죠.

레빈이 모스크바에 온 것은 18세 공작 영애 키티에게 청혼을 하기 위해서다. 하지만 그는 자신이 그녀를 사랑할 자격이 없다고 생각한다. 왜냐하면 그는 자신을 특별한 곳이 없는 평범한 지주에 불과하다고 생각하기 때문이다. 이런 와중에 오블론스키는 레빈에게 페테르부르크 젊은이의 대표자이며 레빈의 연적인 브론스키 백작이 모스크바에 왔다고 알려 준다.

키티는 레빈의 청혼을 거절합니다. 브론스키라는 미남 장교에게 마음을 뺏겼기 때문이에요. 이게 레빈의 첫 번째 불행 체험입니다. 그런데 브론스키는 키티의 마음을 받아 주지 않죠. 그래서 키티도 불행에 빠져요. 결국 마지막에 두 사람이 결혼해서 행복한 가정을 이루고 행복이란 메시지의 상징이 되지만, 거기까지 가는 데 둘은

엄청난 불행을 체험해요. 다른 예를 들어 볼까요? 마지막에 안나 카레니나는 자살을 하는데요. 처음엔 열정적인 미남, 미녀가 만나서 큰 행복을 느끼죠. 그들은 사회적 관습을 어긴 연인이었지만 둘은 행복과 사랑을 느낍니다. 그러나 결국 두 사람의 행복은 불행의 나락으로 떨어집니다. 이렇게 보면 소설의 구성이 다이내믹하다는 걸 알 수 있습니다.

모든 행복한 가정은 서로 닮았지만 불행한 가정은 모두 저마다의 이유로 불행하다.

행복은 지루한 포즈로 우리를 바라봅니다. 눈앞에 보이는 자극적이고 매혹적인 것, 흥미로운 것을 좇으면서 그 안에 행복이 있는 줄 알지요. 하지만 그 속엔 아주 쓰디쓴 불행뿐이죠. 나중에 깨닫게 되는 건 오히려 불행의 실체입니다. 불행이라는 화려하고 매혹적인 세계를 좇아가야지만 행복의 실체를 깨달을 수 있습니다. 처음부터 행복을 좇는 사람은 없어요. 《안나 카레니나》에 나오는 모든 인물들 중 결국 행복의 품 안에 안기는 사람은 불행이라고 하는 엄청나게 쓰라린 경험을 한 사람들뿐입니다. 그래야 그 행복의 품 안에 안길

수 있어요. 톨스토이의 가장 중요한 메시지는 '행복은 단순하고 재미없다' 혹은 '삶의 끝자락에서나 행복이 무엇인지 알 수 있는 것이 사람의 운명이다'라는 건지도 모르겠습니다.

레빈은 행복했지만 가정생활을 시작한 후 내딛는 발걸음마다 상상과는 완전히 다르다는 걸 발견했다. 그는 매 순간 호수 위에 떠가는 조각배의 유려하고 행복해 보이는 흐름을 즐거이 바라보던 사람이 스스로 그 배에 타게 되었을 때 겪는 경험을 했다. 게다가 움직이지 않고 균형을 잡고 앉아 있는 게 전부가 아니었다. 어디로 떠가는지, 또 발아래는 물이고 노를 저어야 한다는 걸 한시도 잊으면 안 되고 노 젓기에 익숙하지 않은 팔이 아파 왔다. 이 모든 걸 바라보기는 쉽지만 그걸 하기란, 무척 즐겁기는 해도 고역이었다.

보는 것과 직접 하는 것은 다릅니다. 톨스토이 작품에 있는 많은 비유는 모두 훌륭해요. 행복은 아주 아름다운 것은 아니다, 진짜 피나는 수고와 노력을 하지 않으면 그 세계가 무엇인지 경험할 수조차 없다는 것이 톨스토이 행복론이 주장하는 가장 큰 메시지입니다.

결국 안나가 죽으면서 소설은 파국을 맞게 됩니다. 그리고 주로 후일담을 이야기하는 8부에서 레빈이 자신의 결혼 생활에 대해 의미심장한 사색을 하는 장면이 나옵니다. 톨스토이의 위대함은 그런 데에 있는 것 같아요. 레빈이 행복한 가정을 꾸렸지만 결혼 생활에는 알 수 없는, 완전히 행복하지 않은 점들이 있었다는 걸 톨스토이는 놓치지 않고 중요하게 다루고 있어요. 여기에 해답은 전혀 없습니다. 톨스토이 작품의 다이내믹함은 바로 거기에 있습니다. 톨스토이 작품에는 해피엔딩이 없어요. 그냥 행복해 보일 뿐이죠. 그게 바로 모든 인간이 안고 있는 해답 없는 문제인 것이지요.

톨스토이의 작품이 어느 시대, 어느 세대에게나 모두 공감을 얻을 수밖에 없는 이유가 여기 있습니다. 톨스토이는 인간의 삶이 단순한 게 아니란 걸 알아요. 그리고 자기가 살며 경험한 수많은 삶의 모순들도 알죠. 이율배반, 모순, 대립, 선과 악, 거짓, 아름다움과 추함…… 톨스토이는 그것을 있는 그대로 우리에게 생생하게 전달하고 있습니다. 그에 대해 이렇다 저렇다 이야기하지 않아요. 톨스토이는 인간의 능력으로 그런 문제들을 해결할 수 없다는 걸 누구보다 정확히 꿰뚫고 이해하는 예술가입니다. 어떤 누구보다 정확한 예술적 형상으로 이런 삶의 진경을 우리에게 호소력 있게 전달하고 있는 작가죠. 톨스토이가 그래서 위대하고, 이런 이유 때문에 톨스토이 작품이 서양 문학의 최고라고 감히 말씀드리는 겁니다.

북토크

톨스토이와 도스토옙스키의 비교

톨스토이가 인물의 한계를 미리 정하고 자기 나름대로의 도덕적 기준과 틀을 제시하며 독자를 그 세계로 이끌어 간다면 도스토옙스키는 각 인물의 정신적인 방황이나 고뇌를 독자가 스스로 판단하게 이끕니다. 반면 톨스토이는 모든 인물을 자신이 다 장악하고 있어요. 서로 다른 스타일을 가지고 있어서 뭐가 더 매력적이다라는 가치 판단을 하기가 쉽지 않아요.

두 작가의 또 다른 점은 작품의 가독성입니다. 도스토옙스키의 작품은 읽기 힘들고 재미가 없습니다. 《악령》,《백치》는 치명적인 수면제입니다. 도스토옙스키에게 중요했던 것은 사건이나 줄거리가 아니라 인물의 정신세계였기 때문입니다. 그래서 작품의 대부분이 복잡한 사색과 독설들로 가득 차 있는 것이지요. 하지만 톨스토이는 다릅니다. 러시아 작가 중 톨스토이만큼 러시아의 사회, 삶, 생활 속에 존재하는 인간 내면 심리를 묘사한 작가가 없습니다. 도스토옙스키는 인간의 사유 속에 투영된, 정신세계 속에 투영된 러시아 사회, 인간 세계를 묘사하고 있는 것이지요. 각자의 취향입니다.

《안나 카레니나》에서 기차의 함의

기차라고 하는 건 그 당시 근대 문명의 꽃입니다. 그리고 산업의 상징이기도 하고요. 그래서 그걸 적극적으로 해석하는 사람은 기차를 기계, 기계 문명 이렇게 유추를 해서 조금 더 많은 의미를 부여하는데, 그걸 하나의 디테일로 단순하게 보면 큰 의미를 부여하지 않을 수도 있습니다. 제가 보기에는 의미가 없진 않은 것 같습니다. 톨스토이는 디테일에 대한 계산이 치밀하기 때문이에요. 톨스토이즘은 뿌리가 루소입니다. 그래서 자연으로 돌아가자 하는 것이 톨스토이가 젊었을 때부터 가지던 모토였는데요. 톨스토이는 자본주의나 산업, 기계 문명에 대해 큰 호감을 갖지 않은 사람이었습니다. 그런 점에서 기차, 열차가 비극적 사건의 수단이나 장치가 되는 걸 보면 그것으로 상징되는 어떤 문명이나 문화나 자본주의 이런 것에 대해 작가가 일정하게 부정적인 태도를 가지고 있는 것으로 이야기할 수 있습니다.

기차에 몸을 던지는 안나의 심리

기차에 몸은 던지는 안나의 행동이 사회적 환경에 대한 절망인지, 복수인지, 자기 자신에 대한 단죄인지 의견이 분분합니다. 작품

맨 앞부분에는 "복수는 나의 것이니, 내가 다 되갚으리라"라는 성경의 한 구절이 있습니다. 이 말의 주체를 누구로 볼 것인가에 따라 답이 달라지는데요. 그게 안나의 말이라고 본다면 적극적인 해석이 가능합니다. 안나가 그런 행위를 통해 기존 러시아 관습이나 자신을 구렁에 빠뜨린 제도, 관습에 대한 반항이나 복수를 한다고 해석할 수도 있는 거죠. 그 주체를 누구로 보느냐에 따라 해석이 분분한, 아직 풀리지 않는 숙제 중 하나입니다.

Lesson 3

프라하의 이방인,
카프카의 《변신》과
《학술원에 보내는 보고》

by 권혁준 인천대 교수

프란츠 카프카(Franz Kafka, 1883~1924)

실존주의의 작가로 인간의 불안과 부조리를 문학적으로 형상화하여 많은 지지를 받았다.

체코의 수도 프라하에서 출생했다. 부유한 유대 상인의 아들로 태어나 프라하 카를대학교에서 법률을 공부하였다. 1905년에 단편《어떤 싸움의 기록(Beschreibung eines Kampfs)》, 1906년에《시골의 결혼 준비(Hochzeitsvorbereitungen auf dem Lande)》등을 썼다. 대학 졸업 후 1년간 법원에서 근무하였고 1908년에 보헤미아왕국 노동자 상해 보험 회사에 들어가 잡지 〈휘페리온〉에 8편의 산문을 발표하였다. 1912년 초에《실종자》집필을 시작하였고, 9월에《소송(Der Prozess)》(1925년), 연말에《변신(Die Verwandlung)》(1916년)을 써서, 이 해는 최초의 중요한 결실기가 되었다. 1914년에《유형지에서(In der Strafkolonie)》(1919년)와《실종자》를 완성하였고, 1916년부터는 단편집《시골 의사(Ein Landarzt)》(1924년)의 집필에 매달렸다. 1917년 9월, 폐결핵이라는 진단을 받아 여러 곳으로 정양을 겸하여 전전하였고, 그동안 장편 소설《성(城)(Das Schloss)》(1926년 간행),《단식 예술가(Hungerkünstler)》(1924년 간행)를 비롯한 단편을 많이 썼다. 1924년 빈 근교의 요양원에서 사망했다.

《변신(Die Verwandlung)》(1916)

1912년에 집필하여 1916년에 출간한 중편 소설. 평범한 독신 세일즈맨
이었던 주인공이 어느 날 아침에 깨어나면서 자신이 벌레로 변해 있는
것을 발견한다. 회사에 결근하자 지배인이 찾아오는데 그를 보고 변명하
기 위해 벌레의 모습을 하고 가족과 지배인 앞에 나타난다. 지배인은 도
망가고 아버지와 어머니는 통곡하며 졸도한다. 주인공은 고독과 불안의
생활을 하다가 쇠약해져 죽고 만다. 카프카는 이 가상적인 이야기를 통
하여 현대인의 고립되고 소외된 모습을 그린다.

《학술원에 보내는 보고(Ein Bericht fur eine Akademie)》(1917)

1917년 집필하여 〈유대인〉 지에 발표한 단편 소설. 인간으로 변한 원숭
이가 어떤 학자 모임의 요청으로 원숭이 시절의 삶과 인간으로의 변화
과정에 대해 강연한다. 원숭이는 이 과제를 매우 능란한 언변으로 풀어
나간다. 원숭이는 자기기만에 사로잡혀 과거를 반추하면서 동물 상태에
서의 자유를 과대평가한다. 자신이 포획되기 이전의 자유는 무의식의 자
유였기 다윈의 진화론뿐만 아니라 문명 전체를 조롱한다.

프라하의 이방인 카프카

독일 문학을 대표하는 작가로 보통은 괴테를 많이 듭니다. 그리고 괴테 같은 경우는 독문학의 주류라고 할 수 있죠. 그러나 카프카의 경우는 오스트리아 국민이었다가 체코 국민이 되었고, 독일 땅이 아닌 체코에 살았기에 독일 주류 입장에서는 변방 사람이었습니다. 그래서 변방 사람의 시각에서 쓴 문학 작품을 소개해 보는 건 어떨까 해서 이런 제목으로 강의해 보고자 합니다.

다룰 작품은 그렇게 어렵지 않고요. 비교적 잘 알려진 《변신》과 《학술원에 보내는 보고》라는 두 작품입니다. 두 가지 다 동물 이야기를 다루고 있는데요. 인간이 동물이 되고, 동물이 인간이 되는 이야기입니다. 이 역시도 오늘 강의의 맥락에서 살펴보자면, 인간 눈에서 보면 동물이 변방이죠? 그래서 '주류 눈에서 본 변방'의 정서나 사람에 대해 이야기해 보는 것이 오늘의 주제가 되지 않을까 합니다.

작가 탐구: 프란츠 카프카, 그는 왜 이방인인가

카프카의 생애

카프카는 130여 년 전 사람입니다. 1883년 체코 프라하에서 탄생하죠. 체코에서 태어나 프라하를 몇 번 떠나지 않았고, 묘지도 프라하에 있습니다. 그는 프라하 카를대학교에서 법학을 전공했습니다. 법학 박사 학위를 받고 나서 노동자 상해 보험 회사라는 곳에서 일하게 됩니다. 오스트리아-헝가리 제국, 프라하 지역에 있는 준 국영 직업이었습니다. 거기서 법률 자문으로 근무하면서 틈틈이 글을 썼습니다. 나중에 폐결핵이 걸려 오래 살지는 못하고 41세에 죽음을 맞이하게 되죠. 죽어서 1924년에 프라하 공동묘지에 안장됩니다.

단편 중에서는 《변신》이 가장 유명하고, 장편 중에서는 《실종자》, 《소송》, 《성》 3부작이 가장 유명합니다. 장편 소설은 생전에 출간되지는 않았고, 사후에 친구에 의해 출간되었습니다. 카프카는 생전에 주류 사회에서 조명받지는 못했지만, 프랑스의 실존주의 작가 사르트르, 카뮈에 의해 '정신적 노숙 상황을 작품 세계 속에 잘 담았다'는 평가를 받았습니다. 그리고 그 이후로 카프카 붐이 많이 일었죠. 작품이 괴기스럽고 난해하다고 생각하기 쉽지만, 실제로 읽어 보면 작품이 아주 건조하고 냉철한 언어로 쓰였다는 걸 알 수 있습니다. 문장도 아주 명료하고요. 문제는 그렇게 쓴 문장들이 무슨 뜻인지를 추리하는 데 시간이 걸린다는 건데요. 카프카 작품의 가장 큰 특징이 바로 불확정적이라는 겁니다. 의미가 확정되지 않고 다의적이죠. 좀처럼 확정적인 진술을 하지 않는데, 그래서 요즘 들어 포스트모더니즘 학자들에 의해 카프카의 텍스트가 재발견되기도 합니다.

카프카의 삶, 작가로서의 실존적 상황

• 삼중의 소외, 영원한 이방인: 프라하의 유대인 카프카

유대계 상인 집안 출신의 카프카는 독일어를 사용했음에도 불구하고 독일인 집단에 완전히 동화될 수 없었고, 독일어를 사용했기 때문에 프라하의 다수를 차지하는 체코인에게도 소속되지 못했습니다. 또 유대주의 전통과 거리를 둠으로써 유대인이라는 자신의 전통으로부터도 뿌리가 뽑힌 불안정한 상태에 놓이게 되었습니다.

카프카의 작가적 실존을 규정해 주는 말로 다음의 세 가지를 꼽습니다. 체코 프라하 태생의 작가로 지역적으로 주변부에 있었고, 체코 지역에 살면서도 독일어로 글을 썼으며, 독일어 작가이기는 하지만 출신은 유대계라는 것입니다. 카프카는 이처럼 아웃사이더의 삶을 살았고, 스스로도 아웃사이더 의식이 있었습니다.

프라하는 지금 체코의 수도입니다. 과거에 오스트리아-헝가리 제국이라고 해서, 오스트리아에 신성 로마 제국의 중심이었던 합스부르크와 헝가리가 합병하여 큰 제국을 이뤘던 시기가 있었는데요. 프라하는 오스트리아 중심부에서 멀리 떨어진 지역이었습니다.

주변부 보헤미아 지역의 수도가 프라하였습니다. 프라하는 요즘 말로 하면 다문화적 상황이라고 할 수 있는데요. 독일인, 유대인, 체코인이 함께 살았습니다. 주민의 다수는 체코인이었고, 은행, 학교 등 중요한 엘리트 집단은 독일인들이었죠. 유대인들은 수적으로도 체코인, 독일인보다 적었습니다. 유럽 사회에서 유대인들은 오랫동안 사회적으로 차별을 받았죠. 유대인들은 '디아스포라'라고 해서 전 세계에 흩어져 살며 19세기에 서구 사회, 주류 사회에 편입하고자 합니다. 이를 유대인의 서구 동화라고 하는데, 서구 사회는 이를 배척하기 시작하죠. 이런 차별이 그나마 완화된 것이 19세기 오스트리아에서였는데 이때 정치적으로 해방되어 게토(유대인들이 모여 살도록 법으로 규정해 놓은 거주 지역)에서도 나오게 되죠. 이처럼 유대인들은 유럽에서 어떻게든 차별을 극복하고 주류 사회로 나오고자 했습니다. 독일 표현으로는 'der Westjude(서구를 지향하는 유대인)'라는 표현을 쓰죠. 카프카가 바로 이런 유대인 그룹에 속했습니다. 이런 유대인들의 상황을 카프카는 막스 브로트라는 친구에게 편지로 쓴 적이 있는데 "뒷다리는 여전히 아버지 세대의 유대주

의에 매달려 있고, 앞다리는 아직 새로운 땅을 발견하지 못했다"는
식으로 흥미롭게 표현했습니다.

● 가족 관계: 아버지와의 갈등, 아버지 세계에 대한 거부감

카프카의 아버지는 서구 사회에 동화되는
데 상당히 성공한 인물이었습니다. 프라하 시
내에 잡화상을 여는 등 현실 적응에도 매우 뛰
어난 인물이었습니다.

위의 그림은 카프카 아버지의 가게 정문에
걸려 있던 '문장'입니다. 까마귀가 그려져 있는데 독일의 대표적 나
무인 떡갈나무 위에 앉아 있는 것으로 그려져 있습니다. 이것은 카프
카의 아버지가 독일인과 체코인 사이에 살던 위치를 나타냅니다. 카
프카라는 단어의 뜻 자체가 체코어로 '까마귀'입니다. 즉, 체코적인
의미를 가진 단어죠. 그 밑에 떡갈나무를 그린 것은 독일인을 상징하
는 떡갈나무에 있는 까마귀를 그림으로써 독일인, 체코인 모두와 사
이 좋게 지내겠다는 일종의 상징이었습니다. 이렇게 자수성가한 권
위적 인물이 카프카의 아버지였습니다. 아버지는 건장한 체격에 활
력이 넘치면서도 가정에서는 폭언을 일삼는 폭군과 같은 존재였습
니다. 이런 아버지 밑에서 자라면 감수성이 예민한 인물일수록 상처
를 많이 받죠. 카프카의 아버지는 아들의 신분을 상승시키려고 독일

인이 많은 독일계 학교에 보냅니다. 독일어 학교에 보냈고, 유대인이나 보통 사람들이 가장 출세하는 길이므로 법학 공부를 시킵니다. 그렇지만 카프카는 문학을 좋아했죠. 아버지는 문학을 쓸모없는 것으로 단정 짓습니다. 이런저런 이유로 카프카는 부친 콤플렉스에 시달린 것으로 전해집니다. 카프카는 아버지와 관계되는 모든 것을 싫어했습니다. 서구에는 '시민 사회'라는 표현이 있습니다. 부르주아 사회에서는 직업을 갖고, 결혼해 아이를 낳고, 가정을 이루는 것이 모범적인 시민의 모습입니다. 그런데 카프카는 이런 시민 사회를 "아버지의 세계"라고 하며 거부감을 나타냅니다.

오른쪽 사진은 1919년 가을에 아버지에게 쓴 편지의 첫 부분인데요. 100쪽 정도의 분량입니다. 지금까지의 원통한 일을 쓰며 자신의 인생이 이렇게 된 건 아버지 때문이라는 내용이죠. 4~5살 때의 기억에서부터 현재 자신의 일까지 다 써서 완성했지만 결국 부치지는 못합니다. 이 편지는 카프카가 아버지 세계로부터 얼마나 시달렸는지를 보여 주는 증거라 할 수 있습니다.

• 직업과 삶: 직업 세계와 작가로서의 삶 사이에서 갈등

이 사진은 프라하 카를대학교로 유럽에서 가장 오래된 대학에 속하는데 카프카는 이곳에서 법학 박사가 된 후 노동자 상해 보험 회사라는 좋은 직장에 들어갑니다. 원래 유대인은 들어가기 힘든 직장인데, 친구 아버지의 도움을 받았습니다. 여기서 주로 노동자들의 산재를 처리하는 업무를 맡아 노동자들의 삶, 관료 기구의 비참함을 많이 경험합니다. 카프카는 유능하고, 실무도 뛰어나고, 유머러스해서 상사와 동료들로부터 사랑받는 동료였습니다. 세상과 등지고 살지는 않았고, 오히려 당시에 현실 사회를 많이 경험했다고 할 수 있죠. 아침 7시 출근, 오후 2시 퇴근이었는데 집에 와서 밥 먹고, 오후에 낮잠을 자고, 저녁 되면 산책을 갔다가 저녁을 먹고, 그 다음 밤새 글을 씁니다. 그러면서 직업의 세계는 나의 삶에서 아무 의미를 주지 못하는 밥벌이에 불과하다, 내 삶의 의미는 내 속에 있는 복잡한 내면세계를 글로 표현하는 데 있다라는 이야기를 합니다. 이처럼 카프카는 순수한 세계, 글쓰기에 마음을 많이 뺏깁니다.

소설은 나고, 나의 이야기들은 나.　　　〔펠리체에게 보낸 편지 중에서〕

꿈과 같은 나의 내면의 삶을 서술하는 것에 대한 감각이

다른 모든 것을 부수적인 것으로 떨쳐 냈다.　　　〔카프카의 일기 중에서〕

문학과 관계없는 것을 나는 모두 증오하고 그것은 나를 지겹게 만든다.

나는 문학적 관심을 가진 것이 아니라 문학으로 되어 있으며

그 외의 것이 아니고 그 외의 것이 될 수도 없다.

〔펠리체에게 보낸 편지 중에서〕

작품 탐구: 벌레가 된 인간, 인간이 된 원숭이
《변신》과 《학술원에 보내는 보고》

벌레가 된 인간 《변신》

《변신》은 1912년에 쓴 작품입니다. 다른 것은 다 빼고, 한 인간이 아침에 일어나니 자기가 벌레가 되어 있는 상황에서 이야기가 어떻게 전개되는가를 중심으로 살펴보겠습니다. 주인공은 세일즈맨이고 한 가족의 부양자입니다. 그런데 가족을 먹여 살리는 위치에 있

는 중요한 인물이 갑자기 벌레가 되어 출근을 못 하게 되었을 때 어떤 상황이 발생할까요?

카프카의 모든 작품은 첫 문장에 많은 비밀이 숨어 있습니다. 《변신》역시 첫 문장에 주의하셔야하는데, 이 작품에서는 첫 문장이 아예 벌레로 변해 있는 것으로 시작됩니다.

- -

어느 날 아침 그레고르 잠자는 불안한 꿈에서 깨어났을 때 자신이
침대에서 한 흉측스러운 갑충으로 변해 있는 것을 발견했다.

- -

굉장히 초자연적인 사건을 묘사하는 문장이죠. 첫 문장부터 심상치 않은데요. 다음 문장에서는 "나에게 무슨 일이 일어난 걸까?" 하는 질문이 나오고, 이어서 냉철하며 매우 사실주의적인 묘사가 시작됩니다. 그러면서 주인공은 "그러나 그것은 꿈이 아니었다", 즉 벌레로 변한 것이 꿈이 아니라 현실이라는 것을 진단합니다. 그러니까 초자연적인 변신이라는 사건은 소설에서 하나의 현실로 묘사되고 있습니다.

그리고 나서 주인공은 자기 방을 둘러보는데요. 눈에 띄는 것은 얼마 전 화보 잡지에서 오려 낸 예쁜 여자의 사진입니다. 금박 액자

에 끼워져 침대 머리 위쪽에 걸려 있죠. 여자의 모습이 아주 현실감 있게 묘사되는데요. 이것을 주의해서 보아야 합니다. 이처럼 이 작품은 초현실적이고 환상적인 사건에서 시작합니다. '변신'의 모티프는 사실 신화나 문학에 예전부터 있어 왔습니다. 오비디우스의 《변신 이야기》나 그림 형제의 《개구리 왕》처럼 마법이나 저주에 걸려 변신하고 마법이나 저주가 풀리면 돌아오는 이야기들이 존재하죠. 그런데 카프카의 변신에는 마법이 없습니다. 그리고 냉정한 문체로 일관하죠. 결말에 이르러서는 벌레가 죽어 버립니다. 이를 두고 거꾸로 하는 변신, 역으로 하는 변신이 없다고 이야기하는데요. 그래서 사람들이 이 작품을 두고 '반(反)동화'라고도 이야기합니다.

또 하나의 특징은 보통 서술자가 왜 그렇게 되었는지를 설명해 주는 것이 많은 경우 독자가 소설을 읽기 편한데, 《변신》은 주인공 그레고르도 자기가 왜 변했는지 모르고 서술자도 이야기를 잘 해 주지 않습니다. 단지 그레고르의 시선에서 이야기합니다. 독자는 서술자가 얘기해 주는 만큼만 알 수 있는데 그레고르가 아는 것이 얼마 없기 때문에 소설을 읽어 봐도 그레고르가 왜 변했는지를 알 수 없어요. 주인공 시선을 따라가다 보면 무슨 일이 일어나긴 했고, 이게 꿈이 아니라는 것밖에는 알 수 없습니다.

조금 더 자세히 살펴볼까요? 소설은 3부로 되어 있습니다.

- 1부: 변신으로 인한 그레고르의 상황과 가족의 충격 묘사, 회사 지배인의 방문
- 2부: 가족들로부터 격리되어 있는 그레고르의 내적, 외적 상황 묘사

주로 방에 머묾, 여동생의 방문과 음식 제공, 인간의 속성을 상실하고 점차 동물로 변해 감(목소리), 바닥과 벽, 천장을 마구 기어 다님, 가족의 재정 상황에 대한 소식과 가족들의 변화, 그레고르를 본 어머니의 기절과 아버지의 사과 공습

- 3부: 그레고르의 죽음 및 남은 가족의 새 생활

가족들의 홀대, 여동생의 바이올린 연주, 세 하숙인에게의 발각, 그레고르의 탈주 시도와 좌절, 여동생의 변화, 집안에서 짐이 된다는 것을 알고는 음식물을 먹지 않고 죽음을 선택하는 그레고르, 이에 속 시원해하며 야외로 소풍을 가는 가족

❶ 자세히 살펴보기

● *변신 후의 그레고르의 의식*

- -

그는 미끄러져 조금 전 자세로 돌아갔다. 그리고 생각했다. '이렇게 일찍 일어나는 것은 사람을 아주 멍하게 만들지. 사람은 잠을 충분

히 자야 해. 하지만 지금은 일어나야 해. 내가 타고 갈 기차가 5시에
출발하니까.'

그레고르는 벌레로 변신 한 후에도 출근해야 한다는 생각에 사로
잡혀 있습니다. 충실한 직장인으로서의 생각을 그대로 보여 주죠.

● 그레고르에 대한 가족들의 관심과 기대

그가 아직 침대를 벗어나야겠다는 결심을 하지 못하는 동안 머릿속
에서 이 모든 일이 스쳐 가고 있는데 자명종 시계가 막 6시 45분을
가리켰다. 머리맡에 있는 문에서 조심스럽게 노크하는 소리가 들렸
다. 그리고 "그레고르!" 하고 부르는 소리가 났다. 어머니의 목소리
였다. "6시 45분이야. 출근하지 않을 거야?" 저 부드러운 목소리!

아버지가 벌써 한쪽 옆문을 주먹으로 약하게 두드렸다. "그레고르,
그레고르!" 아버지가 소리쳤다. "도대체 어떻게 된 거야?" 잠시 후
아버지는 좀 더 목소리를 낮추고 다시 한 번 경고하듯이 외쳤다. "그
레고르! 그레고르!" 이번에는 다른 쪽 옆문에서 여동생이 나지막한
목소리로 애처롭게 말했다. "그레고르 오빠, 어디 아픈 거야? 필요

한 거 없어?"

가족들이 출근하지 않은 그레고르를 눈치 챕니다. '도대체 어떻게 된 거야?', '오빠 어디 아파?' 가족들의 모든 관심은 모두 '너 왜 출근 안 했어'입니다. 그런데 그레고르는 벌레로 변한 다음에 자기가 살아온 직업적인 생활에 대해 처음으로 불만을 표시합니다.

• 변신 후 직업에 대한 최초의 불만 표시

아아, 나는 이렇게도 힘든 직업을 택했던가! 매일같이 여행이다. 사실은 회사에서 근무하는 것보다 훨씬 더 신경을 자극시킨다. 게다가 출장을 떠나게 되면 기차를 갈아타야 할 걱정, 불규칙하고 나쁜 식사. 언제나 고객이 바뀌어서 그들과의 인간관계는 지속될 수 없고, 진실한 것도 아니다.

그레고르가 출근을 하지 않은 사실이 알려지자 회사 지배인이 그레고르의 집에 찾아옵니다. 이는 직장에서의 감시, 업적에의 강요

를 나타내죠. 그레고르는 회사 이익에 필요한 일종의 도구였던 셈입니다. 사회의 거대한 조직으로 본다면 그 안에서는 하나의 부속품이 되는 셈이죠. 이를 통해 개개인보다 조직 또는 사회를 더 중요하게 여기는 오늘날의 모습을 볼 수 있습니다.

그 다음으로 '그레고르가 왜 그렇게 고되게 일을 하게 되었나?'에 대해 이야기하게 됩니다.

• *자기 일에 대한 회상: 불만과 은밀한 소망*

그동안 내가 우리 부모를 생각해서 꾹 참아 오지 않았다면, 나는 진작 사표를 썼을 것이고, 당당히 사장 앞에 가서 평소에 갖고 있던 생각을 온 마음으로 내뱉었을 거야. 그러면 사장은 틀림없이 책상에서 굴러떨어졌을 거야! 사장은 별나게도 책상에 걸터앉아 내려다보면서 직원들과 이야기하는 버릇이 있지. 게다가 귀가 어두워 직원들이 바싹 다가가야 하지. 자, 아직은 내가 그런 희망을 완전히 접은 게 아니야. 언젠가 우리 부모가 사장에게 진 빚을 다 갚을 만큼 내가 돈을 모으게 되면 반드시 그렇게 해 주고야 말겠어.

결국 그레고르가 일하고 노동하는 것이 아버지의 부채 청산을 위한 것이고 강요된 노동이라는 것을 알 수 있습니다. 이런 것들은 어머니의 증언에서도 알 수 있는데, "겨우 취미 생활 한다는 것이 실톱을 가지고 공작하는 건데 그것도 고작 액자"라는 대목에서 그레고르가 얼마나 회사 일에만 몰두해 있는지를 말해 줍니다.

❷ 동물로의 변신이 갖는 의미

• 동물의 이미지

동물은 양가적인 의미를 갖고 있습니다. 하나는 갇힌 존재, 자유스럽지 않고 손상당한 삶, 무력감, 구토, 혐오의 대상이라는 부정적 이미지이고, 다른 하나는 사회적 강제에서 벗어난 자유, 원초성, 순수성이라는 긍정적 의미입니다.

직장인이던 그레고르가 동물로 변했습니다. 이를 해석할 때 그레고르는 온통 일밖에 모르고 노동에 지배당하던 사람입니다. 강요된 노동으로 인해 원초적 욕망으로부터 소외된 사람이기도 하고요. 이야기를 쭉 읽어 보아도 사랑 이야기나 여자를 사귄 이야기는 없고, 성적 이야기는 침대 머리 위 액자의 그림 속 모피 두른 여인이 전부입니다. 이 그림이 그레고르의 성적 판타지를 충족시켜 주는 유일한 소재라고 볼 수 있죠. 노동에만 열중하다 보니까 자기 속에 있는 원초적 욕망으로부터 소외된 존재라고 할 수 있습니다.

• 가족으로부터의 소외

변신 이후 가족 내의 "역겨운 상황"이 분명해집니다. 가족의 경제 상황과 다른 구성원들의 변신을 통해 드러나지요.《변신》을 쭉 읽어 보면 이는 가족 이야기이기도 합니다. 그레고르의 변신 이후 가족들의 행동이나 가정의 상황을 보면 그가 얼마나 가족들로부터 소외되어 있는지도 알 수 있습니다. 그레고르는 가족 내의 경제적 실상을 보여 주는 인물이기도 한데 한편으로 생계를 책임지는 가장이지만, 다른 한편으로 착취의 대상이기도 합니다. 아버지가 사업에서 파산한 후 직접 취업 현장에 뛰어들었던 그레고르는 특별한 열정을 품고 일했습니다. 그렇게 돈을 벌어오면 가족들은 모두 놀라워하며 행복해했죠. 그런데 그런 눈부신 시절은 한때였고 다시 찾아오지 않습니다. 모두가 새로운 상황에 익숙해졌기 때문이죠. 그 후 가족의 구성원들은 그레고르가 돈 벌어 오는 걸 당연시하고, 벌어 오지 않으면 화를 내는 지경이 이릅니다.

가족이 그레고르를 속인 거라고 할 수 있습니다. 그레고르가 열심히 일할 때 아버지는 집에서 힘없는 노인처럼 살고 있었고 여동생도 응석받이로 크고 있었습니다. 그레고르가 일을 못하는 상황이 되자 아버지는 다시 취업하고, 아버지 행세를 하며 역할을 되찾습니다. 그레고르의 변신의 여파를 한마디로 요약하면 가족들의 변신이라고 할 수 있는데요. 그레고르의 변신을 계기로 가족들이 생동

감 있는 인물로 변신하게 됩니다. 아버지는 권위 있는 인물, 처벌을 가하는 인물로 변신하고, 그레고르는 이제 더욱 쓸모없는 존재로 간섭만 받게 되죠. 주목할 만한 것은 여동생의 변화입니다. 여동생은 처음에 잘해 줍니다. 오빠를 다 감당해 주는 척 하다가 나중에는 오빠를 가장 미워하는 인물이 됩니다. 그레고르의 방을 청소하는 장면에서 여동생은 벌레가 된 오빠를 위한답시고 가구를 다 들어냅니다. 여기서 그레고르를 인간이 아니라 동물로 취급한다는 것을 알 수 있습니다. 그때 그레고르가 방에서 내어 가지 못하도록 매달리며 지킨 유일한 가구는 바로 액자입니다. 그레고르가 액자로 달려가 도저히 못 내놓는다고 하는 장면에서 그레고르가 액자 속 모피 여인에게 집착하는 모습을 볼 수 있습니다. 이는 그의 억압된 욕망이 무엇이었는지를 알 수 있게 해 줍니다. 또 여동생이 하숙인들을 위해 음악을 연주해 줄 때 그레고르가 거실로 뛰어나가게 되는데 그러면서 이런 고백을 합니다.

이렇게 음악에 감동을 받는데도 내가 동물이라는 말인가. 알지 못하던 양식에 이르는 길이 열리는 것 같았다.

여기서 우리는 벌레로 변해 있지만 음악을 사랑하는 자신의 본래적 영역 혹은 그 세계를 동경하는 그레고르의 모습을 볼 수 있습니다. 그러나 그를 돌보는 가족들에겐 부담이었던 거죠. 그래서일까요? 동생 그레테는 오빠의 가장 단호한 적대자로 변신합니다.

- -

저는 저런 괴물을 두고서 오빠의 이름을 부르지 않을 거예요. 그러니까 제가 말씀드리는 것은 한 가지, 우리가 저것에서 벗어나야 한다는 거예요.

저것은 없어져야 해요. [중략] 아버지, 저것이 그레고르 오빠라는 생각을 버려야 해요. 참으로 오랫동안 그렇게 믿어 왔다는 자체가 우리의 불행이에요. 어떻게 저것이 그레고르 오빠일 수가 있겠어요? 저것이 정말 그레고르 오빠라면, 우리가 자기 같은 짐승과 살 수 없다는 것쯤은 진작 알아차리고 스스로 나갔을 거예요.

- -

그런데 자기가 없어져야 한다는 생각은 아마도 여동생보다도 그레고르 자신의 생각이 더 확고했던 것 같습니다. 결국 그레고르는 죽음을 맞이합니다. 그런데 그가 죽고 나자 나머지 가족인 어머니, 아버지, 동생이 하숙인들도 내보내고 바로 휴식을 취하며 교외로 소풍을 갑니다. 그레고르의 죽음이 그들에게 해방감을 가져다준 셈이죠. 그레고르가 사라짐으로써 장애를 겪던 가정생활이 회복됩니다.

가족은 교외선 전철 안에서 이야기를 나누는데, 여동생은 응석받이 소녀가 아니라 생기를 띠어 육체적으로 피어나는 인물로 묘사되어 있습니다. 이를 본 잠자 씨 부부는 서로 눈길로 대화를 주고받으며 이제는 신랑감을 구해 줘야겠다고 생각합니다. 딸이 일어나 젊은 몸을 펴며 기지개를 켰을 때는 그 모습이 "그들의 새로운 꿈과 좋은 계획의 보증"처럼 여겨졌다고 이야기합니다. 딸을 보는 부모의 시선 역시 욕망의 시선이라는 걸 알 수 있는 대목입니다.

《변신》은 현대 사회에서의 가족에 대한 이야기입니다. 가족의 허구, 신성성, 이데올로기에 대한 폭로이기도 하죠. 가족은 흔히 사랑으로 뭉친 혈연 공동체라고 하는데, 각 구성원이 쓸모 있을 때나 가족이지, 그렇지 않으면 가족이 아니라는 의미도 내포하고 있는 듯합니다. 현대의 가족은 가족이라는 미명하에 착취와 기만을 하는 관계일 수 있습니다. 다른 사람의 노동력과 수입에 의존하며 돈을 벌어오면 예뻐 보이고, 집에서 빈둥거리면 식충이, 밥통이라고 하는 오늘날의 가족의 모습을 떠올려 보지 않을 수 없습니다. 이는 결국 경제적 이해관계가 사회의 가장 작은 구성단위까지 침투해 있다

는 이야기이기도 하지요. 카프카는 이런 의존 관계가 바로 현대 자
본주의의 문제가 아닌가 지적한 적이 있습니다. 현대 자본주의의
문제는 가족까지 침투해 있는 것이 아닌가 하는 의문을 《변신》을 통
해 떠올려 볼 수 있었습니다.

인간이 된 원숭이 - 《학술원에 보내는 보고》

《학술원에 보내는 보고》는 또 다른 변신 이야기입니다. 이는 동물
이 인간이 된 이야기죠. 이것은 《변신》을 쓰고 5년 후에 쓴 또 다른
변신 이야기입니다. 〈빨간 피터의 고백〉이라는 제목의 모노드라마
로 각색한 낭송극은 1970년대에 우리나라에서도 롱런하기도 했습
니다.

이 작품의 줄거리는 다음과 같습니다. 아프리카의 한 해안에 살
던 원숭이가 유럽의 원정 사냥대에 의해 포획됩니다. 잡힌 원숭이
가 깨어나 보니 어느 화물선이었죠. 원숭이를 실은 배는 독일 함부
르크에 도착하는데, 이 원숭이는 동물원에 보내지지 않고 버라이어
티 쇼로 보내집니다. 원숭이는 쇼 무대 배우로서 낭송도 하고 웃기
기도 하면서 돈을 법니다. 그러면서 인간 사회의 일원으로 편입하
여 살고자 합니다. 그런데 이 원숭이는 좀 특별한 존재입니다. 이름
이 로터페트입니다. 뺨에 붉은 부분이 있는데 이는 총알을 맞은 자

국입니다. 총알이 이 부분을 긁고 지나가 흉터가 남아 붉어졌죠. 그 당시 훈련을 받아 사람 흉내를 잘 내다가 죽은 원숭이가 하나 있었는데 이름이 피터였습니다. 사람들은 사람 흉내를 잘 내는 새 원숭이에게 '너는 그냥 '빨간 피터'라고 해라'라고 해서 '빨간 피터'가 되죠. 이름은 외부에서 어떤 사람을 부르는 것으로, 그 사람의 정체성을 보여 주죠. 이처럼 '빨간 피터'라는 이름은 훈련을 잘 받은 특별한 원숭이의 기억 그리고 새로 잡혀 온 원숭이에게 가해진 폭력을 의미합니다. 어쨌든 이 특별한 원숭이 '빨간 피터'는 인간 사회에 적응해 5년 만에 유럽인의 평균 교양 수준에 도달하게 됩니다.

학술원에서는 '빨간 피터'에게 과거 원숭이 시절에 대해 보고하라고 합니다. 그렇게 해서 보고서를 쓰게 되었지만 '빨간 피터'는 자신의 원숭이 시절에 대해 보고할 수 없다는 결론을 내립니다. 지난 5년 동안 사람이 되려고 너무 열심히 달려와서 지금은 돌아가려고 해도 돌아갈 수 없다는 거예요. 더불어 이렇게 말하죠.

솔직히 말해 학술원 회원 여러분이 그런 상태에서 벗어났다고 할 경우, 그 정도를 제가 저의 과거 원숭이 상태에서 벗어난 정도보다 더 크다고 하기 어려울 것입니다.

이 말인 즉, '나나 너희나 비슷해. 내가 과거의 내 상태를 설명하는 건 무리야'라는 말이죠. 그러면서 '빨간 피터'는 과거 원숭이 시절을 묘사하는 대신 자신이 어떻게 원숭이의 본성에서 벗어나 인간이 됐는지 말하겠다고 합니다. 즉, 원숭이의 시선에서 인간 사회를 묘사해 보겠다고 하는 거죠. 진화론에 의하면 원숭이에서 진화한 인간이 덜 진화한 원숭이를 묘사하는 게 보통인데, 이 작품은 반대의 시선, 즉 비주류의 시선을 견지합니다.

어쨌든 '빨간 피터'는 자신이 인간이 된 과정에 대해 이야기하게 되었습니다. 자신은 아프리카 황금해안에 살던 원숭이였는데 기절했다 깨어 보니 하겐베크회사 선박 갑판 위 우리에 갇혀 있었고, 그때 생각난 것은 우리에서 어떻게 벗어날 것인가 하는 것이었다는 것입니다. 그는 우리에 갇힌 상황에 대해 출구 없는 상황이라는 표현도 썼는데요. 그리고 다른 출구가 없었기에 '빨간 피터'는 인간 사회에 적응하는 원숭이가 되어야겠다고 결단을 내립니다. 사람이 되고 싶어서 된 것이 아니라 어쩔 수 없이 되었다, 즉 출구 없는 상황에서 벗어나려는 전략이 사람이 되는 것이었다는 논리가 성립하게 됩니다. 이처럼 출구는 자유와는 다른 겁니다. '빨간 피터'는 이 사실을 오해해서는 곤란하다고 말합니다. 자유와 출구는 다른 것이고, '빨간 피터'가 인간이 되는 건 자유의 선택이 아니었습니다.

그렇다면 원숭이는 진정한 의미로 인간 사회의 일원이 되었는가를 생각해 볼 필요가 있습니다. 우선 '빨간 피터'는 인간이 되기 위해 인간을 관찰합니다. 사람을 흉내 내는 것은 아주 쉬웠습니다. 선원을 따라 침을 뱉기도 하고, 악수하는 행동을 배우기도 합니다. 인간 사회의 일원이 되기 위해 행동을 관찰하고 흉내 냅니다. 담배 피우기도 배우고, 독주 마시기를 거쳐 '빨간 피터'는 마침내 인간의 언어를 배우기에 이릅니다. 언어를 배운 건 결정적인 진보였어요. 언어는 보통 인간을 동물과 구분시켜 주는 중요한 특징의 하나로 손꼽힙니다. 인간의 언어 습득을 통해 '빨간 피터'는 특별한 원숭이로 거듭나게 되죠.

이러한 과정 속에서 '빨간 피터'는 원숭이의 본성에서 탈피하고자 혹독한 자기 조련을 실행합니다. 자기 속에서 원숭이의 본성을 빼내기 위한 혹독한 노력이었죠. 초기에는 외적인 강요에 의한 강제 학습이었다면, 가면 갈수록 외적인 강제 없이 스스로를 처벌하며 훈련하는 경지에 이릅니다. 이 역시 놀라운 진보죠. 그는 방마다 스승을 두고 방을 옮겨 다니며 훈련합니다. '빨간 피터'는 각고의 노력을 통해 유럽인의 평균 교양 수준에 도달한 놀라운 인간이 되지만, 이러한 '빨간 피터'의 인간화가 과연 성공한 전략인가를 따져 볼 필요가 있습니다.

❶ 자세히 살펴보기

• '빨간 피터'의 고백: 인간화는 성공인가

우리에서 벗어나기는 했지만 자유는 자기실현이 아니라 강요된 적응이었습니다. 자유를 선택할 수 없었기 때문에 그저 우리에서 벗어나는 출구에 불과했던 것입니다.

'빨간 피터'의 인간화는 아프리카 원시림에서 쇼 무대로 향하는 혹독한 인간 사회 적응기입니다. 이는 유럽을 떠돌던 유대인들이 독일 서구 사회에 들어가고자 했던 간난신고(艱難辛苦, 몹시 힘들고 어려우며 고생스러움)의 상황에 대한 비유담이라고도 할 수 있습니다. 지극히 어려운 길로 완전히 편입되지 못하고, 불안과 정신 착란에 시달리는 주류 사회의 시각 속에서 서구 역사에 대한 유대인의 동화 시도는 하나의 수난사였던 거죠. 서구 기독교 세계에서 중세를 거치며 유대인들은 그리스도를 죽인 민족이기 때문에 여러 자연재해에서 희생양이 되고 게토에 모여 살아야 했습니다. 서구 사회에서 보면 이들에게 큰 변화가 생긴 건 18세기 계몽 사회였죠. 이 과정에서 만민 평등이라는 사상적 기초가 마련됩니다.

실제 해방은 1782년에 오스트리아-헝가리 제국에서 유대인 차별을 금지하는 법령을 발표하고, 게토에서 유대인을 해방한 때입니다. 차별을 받고 있었는데도 불구하고 사회 각계로 많이 진출했어요. 지성인이나 의사들이 등장하고 산업화, 근대화 예술 분야에서도 유대인들이 두각을 나타내기 시작하자 주류 사회 사람들이 유대인들에 대해 증오하거나 질투하기 시작합니다. 즉, 이 작품이 유대인들이 중세로부터 근대까지 서구 사회에 편입하는 데 대한 어려움을 그린 비유가 아닌가 하는 해석이 있습니다.

• **문명화 과정에 대한 비유담**

인간화의 과정을 거친 원숭이 '빨간 피터'는 여전히 낮과 밤이 다른 이중적인 생활을 합니다. 밤에는 자기 여자 친구와 사랑을 하며 원숭이로서의 본능을 충족시키고, 여전히 조련 과정에 있으며 자신의 과거 모습을 상기시키는 여자 침팬지의 눈에서 착란 증세를 보면서 자신의 과거를 떠올리는 존재입니다.

이런 점에서 '빨간 피터'의 인간화는 인류의 문명화 과정에 대한 비유담으로 볼 수도 있습니다. 인간이 누리는 자유라는 것이 사실은 자기기만이고, 서구의 근대화 과정은 일종의 자기 훈육 과정이며, 자유가 상실된 조련되고 길들여진 존재들임을 말해 주는 것입니다. 반면에 동물성은 극복된 과거나 원초성으로 볼 수 있겠죠. 미셸 푸코 식으로 말하면 인간이 자기에게 규율을 부여하고 절제하고 훈육하고 사회적인 절제를 요구한 것이 서구 근대화의 역사라는 표현이 적절한 것 같습니다. 이런 인간의 문명화는 작품에서 원숭이 본성을 탈피하는 것, 인간의 본능적 측면을 억압, 억제하는 과정이기도 합니다. 하지만 프로이트는 인간이 이성적인 존재가 아니라 본능, 성적 충동이라는 무의식에 지배받는 존재라고 설파했습니다. 이런 존재인 인간이 고도로 조직화되고 발전하고 고등화된 사회 속에서 많은 욕망을 억압당해 에너지가 발산되지 못하고 이른바 "문명 속의 불만"을 가진 채 살아가게 되는 겁니다. 특히 이 작품에서 원숭이는 자기 자신을 조련하는 과정에서 사회적으로 요구되고 강요되는 것을 스스로 내면화하고 억제하는 혹독한 훈련을 합니다. 얼마 전 독일 대학교의 한 한국인 철학자가 〈피로사회〉라는 책을 펴내 공감을 산 적이 있습니다. 즉, 현대인은 누가 그렇게 하라고 한 것도 아닌데 스스로를 훈육하면서 피곤해한다는 것입니다. 저는 이러한 문명화 과정에 대한 풍자적 비유가 이 작품 전체를 관통하는 주제가 아닐까 합니다.

결론적으로, 카프카의 《변신》은 놀라운 문학적 착상이라 할 수 있습니다. 돈 잘 벌어 오던 자식이 벌레로 변했을 때 어떤 변화가 일어나는가라는 질문을 던지는 작품입니다. 그것은 초현실적인 착상이지만 일종의 사고 실험을 가능케 하는 놀라운 문학적 착상이라고 할 수 있습니다.

《학술원에 보내는 보고》는 진화되었다고 하는 인간이 원숭이를 관찰하는 것이 아니라 원숭이가 진화되었다는 인간이 되는 과정을 서술함으로써 문명화라는 것이 무엇인지, 사회에 적응하는 것은 무엇인지를 생각하게 만드는 작품입니다.

카프카는 생전에 피카소의 그림을 높게 평가한 적이 있는데, 예술이 우리가 친숙하게 보는 것, 너무 친숙해서 잘 보이지 않는 것, 즉 보이지 않는 현실을 다른 시각에서 볼 수 있게 해 주는 것이 아닌가 하는 생각을 일찍부터 하고 있었던 것 같습니다. 현실을 비틀면서 보이지 않는 현실을 드러내는 것이 현대 예술의 특징이기도 하죠. 충격을 주어서 진짜 현실을 볼 수 있게 하는 것입니다. 이러한 점에서 카프카의 다소 기괴한 작품은 피카소의 그림과 상통한다고도 할 수 있습니다.

북토크

카프카 문학의 주제가 문학으로서 가치 있다고 여겨지는 이유

우리가 많이 접하는 소설이 리얼리즘계 소설인데, 톨스토이의 《전쟁과 평화》처럼 거대한 서사가 중요한 것이 소설의 큰 흐름이죠. 그러나 현대 소설에는 꿈인지 현실인지 구분되지 않는 환상적이고 초자연적인 사건과 환상적인 요소들이 많이 나옵니다. 문학에서 환상성도 하나의 요소로 인정받고 낭만적 요소로 인정받습니다. 중요한 것은 이것이 우리가 사는 현실에 대해 어떤 생각할 거리를 던져 주느냐 하는 것이라고 봅니다.

피카소도 마찬가지로, 초등학생이 그린 것이 더 사실적일 수 있지만 피카소가 높이 평가받습니다. 카프카에게도 마찬가지로, 변신의 모티프가 가족 현실을 보여 주기 위한 미학적, 문학적 장치이고, 문학적 사고 실험이라는 측면에서 가치가 있다는 말씀을 드리고 싶습니다.

작품 《소송》도 이와 마찬가지로, "네 삶이 체포된 거야" 하는 말과 더불어 주인공이 알 수 없는 소송에 휘말렸다가 1년 후에 죽어 버리는 그런 황당한 이야기인데요. 문학이 리얼하게 현실을 모방하기보다, 우리 삶 자체가 어떤 소송 과정이 아닌가 하는 문학적 상상력이 가치가 있다고 생각합니다.

카프카는 리얼리즘이 아니라 오히려 포스트모더니즘에 가깝겠네요. 카프카의 텍스트와 같은 텍스트 구조가 더 각광받고 있습니다. 천재적 작가들은 이미 그의 진가를 알아보았습니다. 다만 많이 읽히지 않다가 1950년대 이후 사르트르 등의 프랑스 실존주의자들이 이런 인간의 뿌리 뽑힌 감정, 현대인의 방향 상실감이 카프카의 작품 세계 속에 있다고 해서 각광을 받게 된 거죠. 어떻게 보면 카프카도 1950~1960년대 이후에 부활했다고 할 수 있습니다.

《변신》에서 주인공이 죽을 때 사과의 의미

주인공은 사과가 썩으며 죽는데, 사과는 《소송》에도 나옵니다. 아침 식사를 하지 못하고 사과를 먹는데요. 사람들은 대부분 선악과를 사과로 알고 있는데 원래 사과는 아니었습니다. 하지만 일반적으로 사과가 선악과를 대신한다고 가정했을 때 이를 종교적으로 해석해 본다면 아버지의 처벌이잖아요? 인간의 원죄를 상기시켜 주는 것이죠. 신약에서 바울은 기도했는데도 하나님이 기도를 들어 주지 않아서 '육체에 박힌 가시다'라는 표현을 썼는데, 이 작품에서는 사과가 그런 상징적 음식입니다. 아버지의 처벌, 즉 아버지의 질서에서 벗어난 것에 대한 처벌을 의미하죠. 종교적 차원의 해석도 가능하고, 단순히 아버지의 처벌이라는 해석도 가능합니다. 아버지가 사과를 던지는 것도 그레고르의 성적인 장면을 보고 엄마가 실신한 것 때문이거든요. 이렇게 볼 때, 사과는 종교적 함의를 가진 상징물이 아닌가 합니다.

Lesson 4

《위대한 개츠비》와
1920년대 뉴욕

by 최영진 중앙대 교수

F. 스콧 피츠제럴드(F. Scott Fitzgerald, 1896~1940)

미국 미네소타 주 세인트폴에서 1896년에 출생하였다. 1913년에 프린
스턴대학교에 입학하였으나, 제1차 세계 대전이 발발한 후 학업을 그만
두고 입대를 하였다. 전쟁에서 죽기 전에 작품을 남기기 위해 집필을 시
작했다. 이때 쓴《낙원의 이쪽(This Side of Paradise)》이 출판되자 큰 인
기를 얻고 문학 비평가들이 인정해 주는 등 성공을 거두었다.

단편집《말괄량이와 철인(Flappers and Philosophers)》(1920), 장편《아
름답고 저주받은 사람들(The Beautiful and Damned)》(1921), 단편집
《재즈 시대의 이야기(Tales of the Jazz Age)》(1922), 대표작《위대한
개츠비(The Great Gatsby)》(1925), 장편《밤은 부드러워(Tender Is the
Night)》(1934) 등 많은 작품을 발표하였다.

《밤은 부드러워》가 좋은 평을 얻지 못한 데다가, 단편집《기상나팔 소리
에 술을 마시다》를 출판하였던 1935년에는 4만 달러의 빚을 갚기 위하
여 할리우드로 가서 시나리오 작가로 살았다. 그러나 알코올 중독과 병
고에 시달리면서《최후의 대군》을 집필 중에 1940년 심장마비로 사망
했다.

《위대한 개츠비(The Great Gatsby)》(1925)

미국 현대 문학 중에서도 손꼽히는 작품이며, 1920년대 미국의 특징을
가장 잘 드러내는 작품이다. 1922년 여름을 시간적 배경으로 삼고 있는
이 작품은 롱아일랜드 북서쪽 지역(지금의 "그레이트 넥" 지역)과 뉴욕
시 일원을 공간적 배경으로 설정하고 있으며, 당시 뉴욕을 중심으로 전
개되었던 여러 흥미로운 문화적 현상들을 전형화하여 잘 표현하였다.
중서부 출신의 닉 캐러웨이는 증권업을 배우러 동부 뉴욕의 외곽 웨스트
에그로 온다. 그는 이웃의 호화스러운 저택에 사는 개츠비와 친구가 된
다. 개츠비는 매일 밤마다 화려한 파티를 열어 사람들을 불러 모으는데
이는 자신의 옛 연인이자 잭의 사촌 데이지를 만나기 위한 수단이다. 닉
을 통해 데이지를 만난 개츠비는 남편 톰 앞에서 자신에게 돌아오라고
하지만 그녀는 대답을 회피한다. 개츠비와 함께 탄 차를 운전하던 데이
지가 톰의 외도 상대인 자동차 수리공 윌슨의 아내를 치어 죽이고 만다.
윌슨은 아내의 외도 상대이며 그녀를 죽인 범인이 개츠비라고 믿어 그를
권총으로 쏴 죽이고 자신도 스스로 목숨을 끊는다. 개츠비의 장례식에는
데이지마저 참석하지 않고 초라하게 치러진다.

시대적 배경:
1920년대, 재즈 시대의 미국을 나타내는 다섯 가지 키워드

제1차 세계 대전의 종식: 경제적 호황 국면

1920년대는 1차 세계 대전의 종결로부터 시작됩니다. 전쟁은 끝 났지만 유럽은 폐허가 되었고, 정치적으로도 불안하고 혼란스러웠 습니다. 미국은 1차 세계 대전에 참전하여 승전국이 됩니다. 게다가 미국은 1, 2차 세계 대전 모두 자기 땅에서 전쟁을 하지 않았죠. 따 라서 미국은 자국 땅의 피해는 없고, 폐허가 된 유럽 국가들을 재건 하는 과정에서 경제적인 이익은 모두 챙기게 되었죠. 이러한 배경 에서 1920년대 미국은 1차 세계 대전의 영향에 힘입어 경제적으로 급성장을 하게 됩니다.

모더니즘과 개인 소비문화의 시작

1920년대는 경제적 호황 시대였기 때문에 자연스럽게 개인 소비 문화도 발달하게 됩니다. 예시된 이미지 자료에서 살펴볼 수 있듯 이, 처음으로 가전제품들이 대중 매체의 광고에 등장하기 시작하면 서 1920년대는 개인 소비문화 시대의 서막을 알립니다.

세탁기(당시 81달러), 냉장고, 전기 오븐, 라디오(당시 495달러, 세탁기보다 라디오의 가격이 비쌌던 상황은 '재즈 시대'의 특징을 새삼 느끼게 합니다), 진공청소기, 축음기, 라디오용 스피커 등은 모두 1920년대에 대중화되기 시작했던 가전제품들입니다. 이와 함께 당시 개인용 상품 목록에서 뺄 수 없는 것이 바로 자동차입니다. 1920년대에는 자동차 역시 대중화되기 시작합니다. 《위대한 개츠비》에 등장하는 '롤스로이스'라는 모델이 가장 고급 자동차였습니다.

나는 그의 고급 자동차를 감탄스런 눈빛으로 바라보았다.

"어떻습니까? 훌륭한 차죠, 친구?"

그는 좀 더 자세히 살펴보라는 듯 차에서 뛰어내렸다.

"이 차를 본 적이 있나요?"

나는 전에도 본 적이 있었다. 인근의 대다수 사람들이 보았을 것이
다. 여기저기 불룩하게 튀어나온 엄청나게 긴 차체는 니켈 장식으로
반짝거리며 진한 크림색으로 도색되어 있었으며, 실내에는 여기저
기 모자 상자와 도시락 상자, 도구 상자들이 가지런히 놓여 있었고,
계단식 미로처럼 층층이 만들어진 앞 유리는 햇빛이 여러 결을 이루
며 반사되고 있었다. 녹색 가죽으로 된 온실 속처럼 여러 겹의 유리
로 둘러싸인 그 고급 차를 타고 우리는 뉴욕으로 달렸다.

위의 인용구를 통해 당시 피츠제럴드가 생각한 최고의 차는 역시
'롤스로이스'였음을 알 수 있습니다. 이 대목에서는 여러 가지 은유
적 수사를 사용하여 자동차의 이미지를 그려 내고 있습니다. 특히 롤
스로이스의 유리가 여러 레일로 구성되어 햇빛이 천천히 스며들어
오는 느낌을 온실에 비유하여 묘사하고 있는 점이 인상적입니다.

재즈 시대: 대중문화의 변화

1920년대에 대도시를 중심으로 재즈 음악이 대중화·상업화됩니다. 젊은 사람들은 파티장마다 흘러나오는 재즈에 열광했죠. 음악이 퍼지는 데 기여한 또 다른 요인은 라디오입니다. 1920년대에 라디오가 보편화되어 집에서도 재즈를 들을 수 있게 됩니다. 그래서 1920년대를 '재즈 시대'라고 부르기도 하죠. 그만큼 재즈가 음악적 영향력을 가지게 되었다는 의미입니다.

이는 '금주법'과도 상당한 연관이 있습니다. 1920년부터 미국에서 시행되었던 금주법은 술의 제조와 유통을 엄격하게 금지하고 있습니다. 그런데 이 법은 제대로 지켜지질 않았어요. 이 법으로 인하여 미국 사회의 하위 계층은 술을 구해서 마시기 어려웠지만, 상류층 사람들은 여전히 술을 집에 사재기해 두고 마음껏 마셨다고 합니다. 이 법에 의하면 술 마시는 행위 자체 때문에 사람을 체포하지는 못했지만 술을 밀매하거나 밀주를 만드는 일체의 행위는 규제와 처벌의 대상이었습니다. 그래서 시카고나 뉴욕 같은 대도시에서 유행하였던 술 파티는 주로 은밀한 지하 공간에서 이루어졌고, 이러한 파티 공간에 재즈 음악에 맞춰 춤을 추는 플래퍼들(flappers)이 등장하게 됩니다. 플래퍼는 찰랑거리는 치마의 움직임을 지칭하는 용어로, 파티를 즐기는 신여성을 뜻합니다. 플래퍼의 또 다른 상징이 바로 단발머리인데요. 단발은 전통적인 여성이 아닌 신여성을 의미합니다. 그리고 플래퍼의 또 다른 중요한 특징은 바로 흡연입니다. 신여성들은 담배를 피우고, 술을 마시고 그러면서 파티에 참석한 남성들의 시선을 끌지요. 즉, 재즈 시대, 금주법 시행, 플래퍼의 등장은 모두 1920년대 미국 대중문화를 특징짓는 주된 코드들이란 점에서 서로 연관성을 지니고 있습니다. 아래에서 더 찬찬히 살펴보겠습니다.

금주법의 시행

금주법은 지금껏 살펴본 1920년대 미국의 자유분방하고 화려한 이미지들과는 사뭇 대조적인 느낌을 전해 줍니다. 미국 사회의 도덕적 가치는 건국 초기부터 청교도주의에 바탕을 두고 있었으며, 절제와 금욕이 미덕이었던 이 사회에서 음주 문화는 당연히 환영받지 못했었죠. 그런데 1800년대 후반에서 1920년대까지 굉장히 많은 유럽의 하층민들이 미국으로 이민을 옵니다. 특히 독일, 이탈리아 사람들이 많이 왔는데 이들은 대부분 가톨릭 신자들이었죠. 가톨릭 국가들은 대개 술에 대해 관대하고 음주 문화를 허용하는 편이지 않습니까? 그렇게 술 문화와 친숙하게 살았던 사람들이 대거 미국의 대도시로 유입되어 들어오면서 문제가 발생하게 됩니다. 하층 유럽인들이 대거 유입됨으로써 도덕적 해이가 온다고 판단한 미국 위정자들은 금주법을 시행하기에 이르렀고, 이는 오히려 더욱 심한 사회적 갈등을 초래하게 됩니다.

금주법은 굉장히 실효성이 없는 제도였다고 합니다. 이 법이 시행되자 대도시에 사는 주민들은 심하게 반발하였고, 불법으로 술을 마실 수 있는 장소들이 늘어났으며, 직접 술을 집에서 양조해서 마시는 사람들도 많이 늘어났다고 합니다. 중요한 건 술을 금지한 문화가 오히려 파티 문화를 부추겼다는 건데요. 이는 상당한 아이러니라고 볼 수 있습니다.

플래퍼(flappers): 파티 문화의 주역, 여성들

《위대한 개츠비》의 여주인공 데이지는 전형적인 플래퍼입니다. 플래퍼는 당시 20대 여성들로 단발머리에 찰랑거리는 치마를 입고 파티를 즐기며 담배를 피웁니다. 작품 속 데이지는 이미 톰 뷰캐넌과 결혼한 여자로 등장합니다. 결혼한 시점에서 5년을 거슬러 올라가면, 데이지는 개츠비와 사랑을 맹세한 관계였죠. 그런데 개츠비가 1차 세계 대전에 참전하게 되고, 그를 기다리는 와중에 데이지가 참지 못하고 하루에도 여섯 명의 남자를 만났다는 내용이 작품에 나옵니다. 데이지는 항상 남자들에게 둘러싸여 있어야 하고 시선을 받아야 하는 전형적 플래퍼입니다. 그런 와중에 시카고의 거부였던 톰 뷰캐넌이 나타나 그녀에게 3,500달러짜리 진주 목걸이를 선물하고, 마침내 데이지는 그와 결혼하게 되었던 것이죠. 하지만 그녀는 결혼한 후에도 파티장에 가서 화려한 자신의 모습을 과시하며 지냅니다.

"난 파티를 즐기는 편이에요."

루실이라는 아가씨 역시 그렇다고 했다.

"자신의 행동을 일일이 신경 쓰지 않아도 되니까 좋아. 지난번에도 내 옷이 의자에 걸려 찢어졌잖니? 그때 그 분이 내게 주소와 이름을 물었었지. 그리고 일주일도 안 되었는데, 크로이어 양장점에서 새 이브닝드레스를 배달했더라고."

"그럼 그걸 받았단 말예요?"

조던이 루실에게 물었다.

"물론이죠. 오늘 밤 입고 오려고 했었는데 가슴 부분이 맞지 않아 줄여야 해요. 라벤더 빛 구슬이 달린 파란색 드레스예요. 256달러나 하는 옷이라고요."

"그런 행동을 하는 사람이라면 어딘가 이상한 구석이 있을 거야."

다른 아가씨가 질투가 나는 듯 말했다.

"그 사람은 누구하고도 문제를 일으키고 싶지 않은 것뿐이라고."

"누구를 말씀하시는 겁니까?"

나는 궁금증을 참지 못해 물었다.

"개츠비 씨 말이에요."

    개츠비의 저택에서 벌어진 파티에 초대된 여인들이 주인장 개츠비에 대한 소문을 늘어놓은 이 대목에서도 플래퍼의 특성이 잘 드러납니다. 화려한 것을 좋아하는 플래퍼들의 가치는 물질 위에서 이뤄진 가치라고 볼 수 있습니다. 끊임없는 소비와 고가의 옷, 장식물들로 화려하게 치장하고 남자들 앞에 나서고 싶어 하는 타입이라고 볼 수 있습니다. 플래퍼가 등장하기 이전의 미국은 도덕적으로 엄격한 사회였다고 합니다. 여자들은 공공장소에서 담배를 피울 수도 없고 술도 마시지 못했다고 해요. 그런 도덕적 코드들을 과감하게 깨고 행동하기 시작한 여성들이 바로 플래퍼들입니다. 그들은 도덕적 해이의 표상이라는 비판에도 시달렸지만 그에 아랑곳하지 않고 자신들이 하고 싶은 대로 행동했죠.

플래퍼 문화와 미국 사회에서 여성의 위치

《위대한 개츠비》에서 데이지와 개츠비, 두 사람이 관계를 유지하는 기본적 끈은 물질입니다. 개츠비는 데이지에게 끊임없이 고가의 제품을 제공합니다. 데이지는 그 관계를 잘 유지하다가도 자칫 불안감이라도 느끼게 되면 그 관계를 끊어 버립니다. 그렇다면 이러한 데이지는 비난받아야 할 대상일까요? 그렇지는 않습니다. 작품 속에서 개츠비가 톰 뷰캐넌의 집을 처음으로 방문하였을 때, 데이지가 굉장히 불안한 마음에서 딸을 껴안아 주는 대목이 나옵니다. 여기서 데이지는 딸에게 "여자는 다 바본데 넌 세상에서 가장 아름다운 바보가 되어야 해"라고 말합니다. 이러한 언급은 여자로 태어난 딸 역시 무슨 힘이 있겠냐고 생각하는 데이지의 체념적 태도를 잘 드러내 줍니다. 이것은 데이지가 늘 항변하는 태도이기도 하죠. 현재의 남편인 톰 뷰캐넌을 떠나 개츠비에게 돌아가는 것도 그녀의 감정만으로 결정할 수 있는 문제는 아니었죠. 그녀 자신이 현재 안정적으로 누리고 있는 물질적 풍요의 토대인 남편 톰 뷰캐넌을 포기한다는 것이 쉽지 않은 일이었기 때문이죠.

1920년대 여성들에게는 미국 사회 자체가 고난과 같았습니다. 자신이 독자적으로 행동할 수 있는 힘이 전혀 없었기 때문에 남성에게 의존하지 않고서는 아무것도 할 수 없는 상황이었죠. 1920년대에 비로소 참정권이 여성에게 주어집니다. 그 전에는 투표조차 할 수 없었어요. 자수성가해서 부를 이룰 수 있는 가능성도 매우 낮았죠. 데이지 역시 남편에게 절대적으로 종속될 수밖에 없었기에 스스로를 '바보(fool)'라는 말로 규정하지 않았을까 생각해 봅니다. 놀라운 사실을 하나 더 말씀드리자면, 1960년대 후반까지 미국 여성들은 하버드나 프린스턴 같은 유명 사립 대학교에 입학하는 것이 불가능했습니다. 그래서 미국의 유명한 사립 대학교들 옆에는 여대가 많이 있었죠. 《러브 스토리》도 하버드 법대 학생과 그 옆 학교인 래드클리프 여대를 다닌 학생의 러브 스토리이죠. 그러나 1960년대 후반부터는 여학생들도 종합 사립 대학교 입학이 허가되었고, 이후에 래드클리프대학교도 하버드대학교에 합병되었습니다. 이러한 미국 역사의 과정을 생각해 보면, 1920년대 여성의 지위는 상당히 불리한 위치에 있었다는 것을 쉽게 짐작해 볼 수 있겠죠.

제이 개츠비, 그는 과연 누구인가?

이 소설은 개츠비에 관한 이야기입니다. 줄거리도 생각보다 간단하죠. 5년 전 정말 사랑했던 여인인 데이지를 잊지 못해 엄청난 거부로 돌아온 개츠비가 그 여자와 관계를 되돌리려고 노력하다가 비극적으로 총에 맞아 죽게 되는 이야기입니다. 어떻게 보면 통속 소설 같기도 한 이 이야기가 왜 지금까지도 사랑받는지 궁금하지 않으신 가요? 게다가 《위대한 개츠비》는 두 번 영화화됩니다. 1974년에 로버트 레드포드가 주연을 맡았던 〈위대한 개츠비〉와 2013년 레오나르도 디카프리오가 주연을 맡았던 동명의 작품이 있습니다. 개츠비라는 인물은 1920년대 물질적 풍요와 욕망을 대표하는 주인공이었습니다. 지금은 물거품처럼 사라져 버린 시대의 욕망을 대변하는 주인공이었던 셈이죠. 이렇게 사라져 버린 시대의 물질적 욕망의 화신이라 할 수 있는 개츠비가 최근까지 영화로 제작되면서 여전히 우리에게 매력적인 인물로 남아 있는 이유를 살펴보도록 하겠습니다.

금주법의 시대, 부정한 방법으로 부를 축적하는 개츠비

- -

제임스 개츠. 이것은 개츠비의 본명이며, 법률상의 이름이었다. 그는 또한 실패한 농사꾼의 아들이었다.

- -

위의 인용은 개츠비가 자신의 과거를 고백한 내용을 닉 캐러웨이가 서술한 대목입니다. 개츠비는 미국 중서부 출신의 가난한 집 아들이었죠. 그는 호숫가에서 낚시질이나 하면서 밑바닥 인생을 살다가 어느 날 호숫가에 나타난 백만장자 댄 코디의 요트를 관리해 주기 시작합니다. 더불어 코디가 위험에 처했을 때 목숨을 잃지 않게 도움을 줍니다. 개츠비는 코디의 충실한 심복으로 일했지만 그가 죽었을 때 한 푼의 돈도 보상받지 못합니다. 하지만 개츠비는 코디의 그늘에서 일을 하면서 돈 버는 법을 똑똑히 배웁니다. 개츠비가 부를 거머쥐게 만들어 준 것은 결국 사회였습니다. 금주법이 없었다면 개츠비는 그렇게 큰돈을 벌지 못했을 것입니다. 부정한 방법으로 돈을 번 셈이죠.

- -

이 자와 그 울프 샤임이라는 작자는 뉴욕과 시카고 골목길에 있는 약국을 통해서 공공연하게 술을 팔고 있었어. 그것이 이 자의 사업이라는 거였지. 난 이 작자를 처음 보았을 때부터 주류 밀매를 할 것 같은 낌새를 알아차렸어. 그런데 내 예상이 꼭 맞더군.

- -

데이지의 남편인 톰 뷰캐넌이 개츠비를 비난하는 이 대목에서처럼 불법적이고 정상적이지 않은 방법으로 돈을 벌던 개츠비는 자신을 포장하는 데 익숙한 사람입니다. 옥스퍼드대학교도 정식으로 수학을 한 것이 아니라 그저 자신의 겉모습을 포장하기 위한 거짓 꾸밈이었죠. 그가 일주일이 멀다 하고 초대형 파티를 여는 것도 같은 맥락에서 이해할 수 있습니다. 하지만 여기서 중요한 건 개츠비가 왜 그런 일들을 꾸몄는지에 대한 문제입니다. 개츠비가 그런 일들을 한 이유는 데이지를 예전으로 돌려놓기 위해서였습니다. 개츠비는 그 옛날의 사랑을 지금 현재 시간으로 되돌리는 것이 가능하다고 믿고 있었죠.

기적의 시대, 기적의 상징 개츠비

- -

그는 신의 아들이었다. 무에서 유를 창조해 낼 수 있는 인물이었다. 그는 기적을 만들어 낼 수 있다고 믿는 사람이었다. 신이 만들어 낼 수 있는 기적처럼 인간도 기적을 만들 수 있다고 믿었다.

- -

개츠비라는 인물을 1920년대를 반영하는 인물로 생각할 수 있는 이유 중 하나가 바로 닉 캐러웨이가 언급한 이 대목 때문입니다. 그리고 개츠비는 자신의 신념을 사랑에도 적용하려 하였죠. 그는 5년 전의 상태로 데이지를 완전히 돌려놓을 수 있다고 믿었지만, 생각

만큼 잘 실행되지는 않았습니다. 그가 실패한 이유는 신념 자체가 물질에 기초해 세운 것이기 때문입니다. 그런 그의 신념이 사람의 감정까지 온전히 조종하기는 힘들었던 것이죠.

이렇게 보자면 이 작품은 1920년대 물질 풍요와 도덕적 해이에 강력하게 경고를 보내는 작품입니다. 비극적인 최후를 맞이한 인간의 모습을 통해 반성을 촉구하는 작품이라고 볼 수 있겠죠. 이러한 측면은 작품이 출간된 당시의 평론가들에게는 고려의 대상이 아니었던 것 같습니다. 오히려 시간이 지나서 그 시대를 객관적으로 볼 수 있게 된 1950년대 이후가 되어서야 비로소 이 작품이 전하는 메세지가 더 정확하게 읽히기 시작했던 것이죠.

1920년대는 기적의 시대이며 예술의 시대이고 과잉의 시대이며 또한 풍자의 시대였다.

F. 스콧 피츠제럴드

개츠비가 데이지의 사랑을 다시 얻으려 하는 건 과거를 온전히 복원하려는 노력입니다. 그래서 이 작품의 굉장히 중요한 모티프는 과거, 현재, 미래라는 시간에 대한 생각입니다. 기억으로서의 과거와 현재, 그리고 살아 있는 시간으로서의 과거와 현재를 성찰하고, 더

이상 존재하지 않고 흔적으로만 남은 과거를 조명하는 것, 이것이 이 작품을 이해하는 중요한 관건이라고 볼 수 있는 것이죠.

《위대한 개츠비》를 위대하게 만든 문체적 특징

《위대한 개츠비》의 문체적 특성은 이 작품을 지금까지도, 가장 잘 쓴 20세기 미국 작품 중 하나로 평가받게 하는 이유 중 하나입니다. 서양 문학에서 1920년대는 굉장히 많은 문체 실험이 있던 때입니다. "의식의 흐름"같이 이전과는 굉장히 다른 기법적 특성이 나타납니다. 사람들의 내면 의식을 글로써 표현하기 시작한 시기였죠.

《위대한 개츠비》에 나타난 문체는 동시대의 작가들이었던 제임스 조이스나 버지니아 울프의 문체와는 다른 독특한 측면들이 있습니다. 그런 문체적 특징을 드러내는 여러 대목들을 살펴보겠습니다.

문체 1: 생물과 무생물 사이의 불분명한 경계

- -

웨스트 에그와 뉴욕의 중간쯤에 자동차 도로가 철로와 다급하게 붙어서 4분의 1마일쯤 나란히 달린다. (중략) 재가 밀처럼 자라서 여러 개의 능선이나 언덕 또는 기괴한 정원으로 뻗어 가는 환상적인 농장 같았다. 또 그곳에서 재는 집이나 굴뚝, 연기 모양으로 피어오르기도 하고, 간혹 범상치 않은 노력 끝에 희미하게 꿈틀대며 먼지 흩어지는 공기 속으로 허물어져 가는 인간의 형상을 띠기도 한다.

기차 철도와 나란히 있는 자동차 도로의 주변에 위치한 잿빛 계곡(Ash Valley)을 묘사한 대목입니다. 롱아일랜드에서 뉴욕 시로 진입하는 입구에 위치한 이 잿빛 계곡은 도시로부터 쏟아져 나온 온갖 쓰레기를 모아서 매립하는 일종의 하치장입니다. 피츠제럴드는 매우 삭막하고 지저분한 이곳을 밀이 자라는 농장이나 사람의 꿈틀대는 형상에 비유함으로써 한편으로는 역동적이고, 또 다른 한편으로는 초현실적인 느낌까지 전해 주는 하나의 풍경을 만들어 내고 있습니다. 독자의 입장에서는 이곳이 마치 많은 생물들, 혹은 사람들이 모여서 와글거리는 장소인양 착각에 빠지기 쉬운 대목이기도 합니다. 그만큼 무생물과 생물의 경계가 모호하게 표현된 대목이라고 볼 수 있겠죠. 또한 "재"라는 뜻의 ash라는 단어가 영국에서 흔히 자라는 "애시나무"의 의미도 함께 지니고 있다는 점을 생각해 보면 피츠제럴드의 잿빛 계곡에 대한 묘사는 한층 중의적인 어감을 띠고 있다고도 볼 수 있겠죠.

문체 2: 움직임에 대한 포착

해안에서부터 시작된 잔디밭은 해시계와 벽돌이 깔린 길, 그리고 불
타는 듯한 화원을 지나서 정면에 나 있는 현관 쪽으로 4분의 1마일이
나 계속되었다. 그리고 마치 달려온 관성 때문에 멈출 수 없다는 듯
화사한 담쟁이덩굴로 모습을 바꿔 집의 벽을 기어오르고 있었다.

이것은 닉 캐러웨이가 톰 뷰캐넌의 저택 입구의 잔디밭을 묘사
한 대목입니다. 마치 잔디가 전속력으로 달려가다가 벽으로 올라간
것 같다고 살아 있는 생물처럼 생생하게 묘사하고 있습니다. 이 장
면은 〈해리 포터〉나 〈반지의 제왕〉과 같은 판타지 영화에서 흔히 볼
수 있는 땅이나 정지된 물체들이 기괴하게 움직이는 장면들을 연상
시켜 주기도 합니다. 그만큼 사물을 역동적인 움직임으로 포착하는
작가의 시선을 잘 엿볼 수 있는 대목입니다.

문체 3: 기계와 인간의 속성 사이의 유사성

마치 1만 마일이나 떨어진 곳의 지진조차 감지하는 정밀한 기계와
같은 느낌이 드는 사람

닉 캐러웨이가 개츠비에게서 받은 인상을 묘사한 대목입니다. 굉
장히 센서티브한 사람이라는 걸 기계에 비유해 설명했죠. 이런 표
현은 이전의 문학 작품들에서는 볼 수 없었습니다. 기술 문명이 급
속하게 발전하였던 1차 세계 대전 이후의 시대적 양상을 잘 반영하
고 있는 표현이라고 볼 수 있겠죠.

문체 4: 은유적 표현

다음의 대목은 모든 평론가들이 극찬하는 부분입니다. 닉 캐러웨
이가 톰 뷰캐넌의 집을 처음 방문하였을 때 거실 소파에 누워 있는
사촌 데이지의 모습을 묘사하는 장면입니다. 《위대한 개츠비》라는
소설의 전체 주제가 이 한 문단 안에 응축되어 있다고 해도 과언이
아닐 정도로 은유적 수사가 매우 돋보이는 대목입니다.

데이지라는 여자와 그녀의 친구인 조던 베이커가 소파에 누워 있고, 창
문이 많고 커튼이 휘날리고 있었다. 그 방 안에서 움직이지 않는 것이
라곤 커다란 의자뿐이었다. 그리고 그 의자에는 두 명의 젊은 여자들이
마치 바닥에 끈을 고정시킨 풍선 위에 얹혀 있듯이 둥둥 떠 있었다. 그
녀들은 흰색 드레스를 입고 있었고 그녀들이 입은 드레스 자락 역시 집
주변을 빙빙 돌다가 이제 막 이곳으로 들어온 것처럼 바람에 나부끼고
있었다. 나는 잠시 멈춰 서서 커튼과 벽의 그림이 바람에 흔들리는 소
리에 귀 기울이고 있었다. 바로 그때 톰 뷰캐넌이 뒤쪽 창문을 닫는 소
리가 들려왔다. 그러자 방은 갑자기 모든 동작을 멈추고 조용해졌고,
커튼과 카펫, 그리고 두 여자도 사뿐히 바닥으로 내려앉았다.

이 대목은 가부장적이고 폭력적인 남성 톰 뷰캐넌의 모습을 잘
보여 주고 있습니다. 더불어 소설 전체에 걸쳐 드러나는 데이지의
갈등, 개츠비와 다시 사랑을 되살릴까 말까 고민하는 지점 위에 데
이지는 풍선처럼 둥둥 떠 있는 것으로 표현됩니다. 데이지의 모습
이 풍선처럼 떠 있는 이미지는 그녀의 물질적 욕망을 은유적으로
보여 주는 표현이라 볼 수 있습니다. 마치 몽롱한 꿈속처럼 환상에
사로잡힌 듯한 데이지에 대한 묘사는 창문을 거칠게 닫으며 등장하

는 톰 뷰캐넌으로 인하여 다시 현실적인 톤으로 바뀌게 됩니다. 마치 환상 속에 떠 있던 모든 것이 현실로 내려앉는 것처럼 말이죠. 그래서 많은 평론가들이 이 장면이 전체 소설의 주제를 함축하고 있다고 이야기합니다. 피츠제럴드의 탁월한 문장력이 한껏 발휘된 단락이라고 볼 수 있겠죠.

문체 5: 소리와 이미지의 묘사

1974년의 영화와 2013년의 영화 모두에서 데이지 역할을 했던 배우들은 평론가들에 의해 그다지 좋은 평을 받지 못하였습니다. 두 배우 모두 원작에 나타난 데이지를 온전히 표현하기엔 아쉬움이 많이 남았다는 뜻이지요. 원작 속의 데이지에게는 그 누구도 흉내 낼 수 없는 매력이 있는데요. 그것은 바로 그녀의 목소리입니다.

- -

그녀의 목소리는 다시는 연주되지 않을 곡조처럼 듣는 사람의 귀는 자연스럽게 그것을 따라 오르락내리락하였다.

그녀의 목소리에는 그녀에게 관심이 있는 남자라면 결코 잊을 수 없는 일종의 흥분이 담겨 있었다. 마음을 들뜨게 하는 긴장감이라고 할까.

- -

위와 같이 데이지의 목소리는 작품 내에서 굉장히 관념화되고 이상화된 것으로 그려지고 있습니다. 소리가 언어로 정확히 전달되기 불가능하므로 오히려 목소리에 대해 굉장한 관념을 불어넣어 상상하게 만든 것이죠.

문제 6: 시적 표현

과거의 파도에 밀려가면서도 물결의 흐름을 거슬러 배를 저어 간다.

작품의 마지막 대목에 나오는 이 문장은 피츠제럴드의 시간에 대한 생각을 드러내고 있습니다. 물결이 밀어내는 뒤쪽은 과거입니다. 우리는 과거에 의지하는 것 같지만 실은 앞으로 나아가려 하는 거죠. 한 존재 내에는 과거, 현재, 미래가 항상 뒤엉켜 있기 마련입니다. 과거는 잘라 버릴 수 있는 것이 아니라 돌아볼 수 있는 물결 같은 것이고, 우리는 필연적으로 노를 저어 그것을 헤치고 앞으로 나아가야 합니다. 하지만 과거는 사라지지 않고 우리의 의식 속에 남게 되고, 자연히 그것은 우리의 현재와 뒤엉켜 다시 미래로 투사되는 과정을 반복하죠. 이러한 시간에 대한 성찰이 위의 문장에서

상당히 깔끔하고 간결하게 표현되었다고 볼 수 있겠지요.

- -

해변에 앉아서 그 옛날 미지의 세계를 생각하며 상념에 잠겨 있던
개츠비가 데이지의 집과 연결된 부두 끝에서 반짝이던 녹색 등을 처
음 발견했을 때 놀라는 모습을 상상해 보았다.

- -

이 작품의 중요한 상징 중 하나가 "초록 불빛"인데요. 개츠비 집
에서 보면 초록 불빛은 아련히 반짝입니다. 불빛 자체가 데이지이
거나, 데이지를 향한 욕망일 수 있는 것이지요. 혹은 아직도 자기 기
억 속에 살아 있는 데이지에 향한 기억처럼 닿을 수 없는 어떤 것
을 상징하기도 합니다. 그 불빛을 데이지의 집에서 보면 그냥 하찮
은 하나의 등이라는 사실이 작품 안에서 비극적인 느낌을 더해 줍
니다.

닉 캐러웨이가 언급한 초록 불빛도 일종의 꿈이라는 측면에서 보
면 그것이 결코 부여잡을 수 없는 것이기 때문에 더 집착하게 되는
것이죠. 이러한 점은 이룰 수 없는 이상을 표현하고 있다는 점에서
상당히 낭만주의적 성격을 띠고 있어요. 결국은 부여잡을 수 없는
어떤 것에 대한 욕망, 갈망이라는 측면으로 개츠비란 인물을 보면

꼭 1920년대라는 시대 속에서만 그를 이해할 수 있는 것은 아니라는 점이 분명해집니다. 갈망과 욕망에 대한 상념은 어느 시대나 유효한 것이죠. 그런 점에서 《위대한 개츠비》는 여전히 많은 사랑을 받고 있습니다. 누구나 영화로든 혹은 다른 어떤 예술의 형식으로든 이 작품을 형상화해 보고 싶어 하는 이유도 그 때문이겠죠.

북토크

데이지가 개츠비 집에서 영국산 실크 셔츠를 보고 우는 장면에 대한 해석

데이지가 왜 우는지에 대하여 작품 속의 서술이 없다는 점이 흥미롭죠. 저 역시 비슷한 고민을 해 본 적이 있습니다. '이 작품에서 데이지 내면을 드러낼 수 있는 여지가 있다면 좀 더 복합성을 띠게 되지 않을까?' 하는 생각 말이죠. 당시 유행한 의식의 흐름 기법을 사용하였더라면 데이지가 "이 남자가 나를 위해 이렇게 많은 시간을 투자했다니!"와 같은 말을 할 수도 있었겠죠. 그러나 이 작품은 이러한 내면 의식의 영역을 철저하게 차단합니다. 닉 캐러웨이라는 3인칭 서술자의 관찰로 일관하기 때문에 데이지의 생각을 전혀 알 수 없는 것이죠. 하지만 그것이 오히려 데이지에 대한 다양한 해석을 가능하게 만드는 여지도 있지 않나 하는 생각도 듭니다.

같은 맥락에서 볼 때, 이 작품의 많은 대목들에서는 인물의 의식을 직접적으로 드러낼 수 없는 관찰자의 시점으로 인하여 은유적 수사가 많아지는 것 같습니다. 작품의 서사를 관장하고 있는 닉 캐러웨이는 사람의 의식 속에 들어갈 수 없는 관찰자이죠. 그래서 자신이 정확히 들여다볼 수 없는 다른 인물들의 내면 심리 상태는 은유적인 수사를 사용하여 표현할 수밖에 없는 것이죠. 이러한 수사적 장치들은 개츠비나 데이지 같은 인물들에 대해 어떤 확정적인 의미를 부여하지 않음으로써 독자들로 하여금 인물의 성격을 규정하는 작업에 끼어들게 만드는 효과를 만들어 낸다고 볼 수 있겠죠.

시시한 결말에 대한 평가

《위대한 개츠비》는 현재 미국 고등학교 학생들이 읽는 수업 교재로 널리 사용되고 있습니다. 그런데 이 작품을 읽는 고등학생들의 반응은 아쉽게도 그다지 긍정적이지 않습니다. 내가 왜 이런 진부한 사랑 이야기를 읽어야 하나 하고 말이죠. 그럼에도 불구하고 이 작품이 미국 문학의 백미 중 한 편으로 평가받는 이유는 F. 스콧 피츠제럴드의 문체가 큰 역할을 했기 때문이라고 생각합니다. 인물과 장면을 만들어 내는 역동적이고 섬세한 문장들이 평론가들의 이목을 끌었던 것이죠.

또한 이 작품을 우리말 번역판으로 읽는 것과 영어판으로 읽는 것 사이에는 느낌의 편차가 크다는 점도 말씀드리고 싶습니다. 영문판의 경우 제가 개인적으로 받은 인상은 이 작품이 마치 가는 실로 뜨개질을 해 놓은 것 같다는 것입니다. 내용보다는 문장들 자체가 주는 여운이 더 강하다고 해야 할까요? 작가가 만들어 놓은 문장들 사이로 독자가 여러 가지 해석을 집어넣을 수 있는 그런 여백들이 이 작품에 존재한다는 점이 좋은 평가를 받지 않았나 생각합니다. 줄거리상으로는 잊지 못한 여인에게 집착하다가 총에 맞아 죽은 불쌍한 남자의 이야기이지만 그 안에 당시 1920년대의 사회상, 파노라마같이 펼쳐지는 파티, 개츠비라는 캐릭터를 지극히 관찰자 입장에서 묘사함으로써 독자로 하여금 사건에 개입할 수 있는 여지를 주는 것과 같은 글 읽기의 풍부함이 《위대한 개츠비》를 높게 평가하게 되는 이유가 아닐까 합니다.

Lesson 5

가브리엘 가르시아 마르케스
《백년의 고독》의
백마술과 흑마술

by 우석균 서울대 교수

가브리엘 가르시아 마르케스(Gabriel Garcia Márquez, 1927~)

20세기 라틴아메리카를 대표하는 문학가 중의 한 명.
콜롬비아의 작은 마을 아라카타카에서 태어났다. 1947년 보고타의 국립
대학교 법대에 진학했지만, 혼란스러운 나라 상황으로 학업을 중단하고
보고타를 떠나면서부터는 주로 기자 생활을 하며 글을 쓴다. 이후에도
국내외에서 꽤 오랫동안 언론인 생활을 했고, 그 경험이 창작에 소중한
밑거름이 되었다.
1961년에 퇴역 대령인 외할아버지를 모델로 삼아《아무도 대령에게 편
지하지 않았다》라는 소설을 발표했고, 1967년에는 외할아버지와 외가
사람들에게 들은 이야기들을 바탕으로《백년의 고독》이라는 작품을 발
표해서 일약 세계적인 작가로 떠올랐다. 1982년에는 노벨 문학상을 수
상했다. 국내에 여러 작품이 번역되었으며,《이야기하기 위해 살다》라는
자서전도 번역되었다.
가르시아 마르케스는 라틴아메리카 민중의 생활과 삶을 바탕으로 현실
을 풍자하고 라틴아메리카의 신화, 전설, 구전 이야기 등을 활용하여 마
술적 사실주의라고 불리는 독특한 예술 세계를 개척했다.

《백년의 고독》(1967)

이 작품은 라틴아메리카에서 일어난 실제 사건을 배경으로 창세기와 라틴아메리카의 역사를 융합하여 사회적 모순을 파헤치며 인류 최후의 비극적 서사시를 빚어내고 있다.

이야기의 무대는 마콘도라는 허구적 배경으로, 호세 아르카디오 부엔디아와 그의 사촌 우르슬라가 고향을 떠나 건설한 마을이다. 이 원시적인 마을은 목가적인 낙원과 같은 평화스러운 마을이었으나, 물질문명의 혜택을 누리는 번화한 도시로 발전했다가 폭력과 타락에 시달리며 하루아침에 사라져 버린다. 이 과정에서 미국 바나나 회사의 경제적 착취 등이 생생하게 고발되고 있다.

작품 전반에 흐르는 부엔디아 가문과 등장인물 개인의 고독은 결국 빠져나갈 수 없는 돌고 도는 역사로 인한 고독이다. 마지막에 돼지 꼬리가 달린 아이가 태어나면서 마콘도는 멸망한다. 근친혼으로 돼지 꼬리가 달린 아이가 태어나리라는 가문 대대로 전해진 두려움이 현실이 되고, 이와 함께 마콘도가 멸망한다는 설정은 타인과의 소통 없이 가족 간 비정상적인 집착을 보이는 부엔디아 가문의 고독을 비유한 설정이다. 그리고 사람들 사이의 진정한 유대가 사라진 이 절대 고독의 원인은 콜롬비아, 나아가 라틴아메리카에 만연된 부조리, 특히 신식민주의 현실이 낳은 부조리이다.

《백년의 고독》에 대한 두 가지 반응

혹시 가르시아 마르케스의 《백년의 고독》을 읽어 보셨는지 모르 겠네요. 읽어 보신 분들은 대체로 두 가지 반응을 보입니다. 제가 실제로 겪은 일이기도 합니다. 가르시아 마르케스는 제가 스페인어 문학과 입학원서를 쓰기로 결정하기 전에 노벨 문학상을 탔고 그의 작품이 번역되어 나왔습니다. 영어 본에서 중역된 책이었고, 지인과 같이 종로서적에 갔다가 처음 접했습니다. 시간을 때우려고 아무 책이나 집어서 보다가 한 시간 정도 지나서 지인에게 그만 가자고 했더니, 그이는 자신이 보던 책이 너무 재미있다고 싫다고 그러는 겁니다. 그 책이 바로 《백년의 고독》이었습니다. 그래서 저도 옆에서 그 책을 집어 읽기 시작했습니다. 그런데 이야기가 6~7세대에 걸쳐 부엔디아 가문을 중심으로 전개되면서 이 가족들 중 같은 이름을 지닌 사람이 너무나 많이 등장해서 도무지 잘 읽히지 않았습니다. 제 지인은 책에 완전히 빠져들어 있었던 반면, 저는 몰입이 되지 않았던 거죠. 이러한 극과 극의 반응이 제가 가르치는 학생들에게도 존재합니다. 어떤 학생은 너무 재미있다고 하고, 어떤 학생은 같은 이름을 반복하는 작가의 불친절함에 몸서리칩니다. 다행스럽게도 언젠가부터 국내외 출판사 모두 현명한 선택을 하고 있습니다. 책 서두에 가계도를 붙여서 독자에게 최소한의 편의를 제공하고 있으니까요.

가르시아 마르케스, 콜롬비아 카리브 해 연안 사람들의 기질을 작품에 담다

가르시아 마르케스는 콜롬비아 작가입니다. 콜롬비아에 대해서 잘 아시는 분이 많지 않을 테니 설명을 조금 해 드려야 할 것 같습니다. 콜롬비아는 보통 안데스 국가로 분류됩니다. 안데스 산맥이 지나는 나라는 일단 다 안데스 국가로 분류하는 경향이 있지요. 그러나 핵심 안데스 국가들은 원주민이 많은 지역인 페루, 볼리비아, 에콰도르를 꼽을 수 있습니다. 콜롬비아는 원주민이 많은 나라가 아니라는 점에서 이 나라들과는 큰 차이가 있습니다. 콜롬비아는 오히려 흑인 문화의 흔적이 더 짙은 나라이죠. 안데스 국가라고 해서 산악 지대만 있는 것은 아닙니다. 가령, 모든 핵심 안데스 국가가 다 아마존 유역에 포함되는 동부 저지대가 있고, 페루와 에콰도르에는 태평양 해안 지대도 있습니다. 콜롬비아 역시 사실은 산악 지대, 아마존, 태평양 연안 지역, 카리브 해 연안 등 성격이 극히 다른 여러 지역으로 구성되어 있죠.

콜롬비아의 이러한 지역 간 차이는 상당 부분 안데스 산맥 때문입니다. 안데스 산맥은 콜롬비아 지역에서 세 갈래로 갈라져 서로 거의 평행을 달리면서 국토를 서부, 동부 그리고 카리브 해 연안 일대로 삼등분하고 있어서 오늘날까지도 육로 교통이 편하지 않습니다. 높은 산과 깊은 골짜기들 때문에 철도나 도로 건설이 수월하지 않았거든요. 콜롬비아가 노새를 타고 다니던 시대에서 비행기를 타고 다니는 시대로 뛰어넘었다는 이야기가 있을 정도입니다.

더구나 콜롬비아 안데스는 페루나 볼리비아 안데스와는 다소 다릅니다. 페루와 볼리비아 안데스의 상당 부분은 고도만 높을 뿐 미국 서부처럼 사막 지대여서 페루 아이들에게 그림을 그리게 하면 밭은 푸른색으로 산은 황토색으로 칠합니다. 반면 콜롬비아 안데스는 울창합니다. 콜롬비아 안데스가 페루나 볼리비아 안데스보다 전반적으로 고도가 낮은데도 불구하고 게릴라전을 펼치는 혁명 단체가 아직도 남아 있는 것도 그 때문입니다. 라틴아메리카 역사에서는 1960년대를 혁명의 시대라고 부르기도 합니다. 또 쿠바 혁명이 성공한 1959년 1월 1일을 사실상 라틴아메리카의 1960년대가 시작된 날로 꼽기도 합니다. 그 1960년대에 라틴아메리카 대부분의 국가에서는 게릴라 활동이 성행했습니다. 콜롬비아에도 그 무렵 만들어진 혁명 단체나 그 전에 만들어졌지만 세력이 미미했다가 1960년대에 힘을 얻게 된 혁명 단체들이 꽤 있습니다. 그런데 라틴아메리카 전체적으로 그때 생겨난 혁명 단체들은 거의 없어지거나 이제는 미미한 존재가 되었을 정도로 세력이 크게 줄었는데 콜롬비아는 아직도 그 당시의 혁명 단체들이 왕성하게 활동하고 있습니다. 일종의 해방구로 규정할 수 있을 독자적인 영토도 있고요. 대통령 선거에 나선 후보들을 몇 차례 암살하거나 납치하기도 했죠. 10여 년 전 콜롬비아의 혁명군 지도자를 인터뷰한 프로그램을 본 적이 있는데, 70대의 그 인물은 외부로 나가 본 지 30~40년이 지났다는 거예요. 암살 위험 때문에 그 동안 본거지에서 한 번도 나가지 않았다는 거죠. 집안 내력을 이야기할 때도 3대째 혁명가 집안이라고 자랑스럽게 이야기하더라고요. 혁명가가 대대로 이어 가는 직업이 되는 것이 가능할 정도로 무사할 수 있었던 것이 다 콜롬비아 안데스의 특징 때문입니다.

그런데 가르시아 마르케스는 베네수엘라 국경과 가까운 조그만 시골 마을 아라카타카에서 태어나 유년기를 보냈습니다. 카리브 해와도 그리 먼 곳은 아닙니다. 그리고 청년기는 산타마르타, 바랑키야, 카르타헤나 등 카리브 해안 지대의 도시들을 오가며 보냈습니다. 대학교 1년과 중·고등학교를 산악 지대인 수도 보고타와 그 인근에서 보내기는 했지만 을씨년스러운 날씨에 결코 적응할 수 없었던 전형적인 카리브 해 사람이었죠. 그런데 안데스 산맥이라는 지리적 장애물 때문에 카리브 해 연안의 사람들은 보고타 사람들과는 딴판입니다. 보고타 사람들은 굉장히 냉철하고(물론 우리가 볼 때에는 그들 역시 낙천적인 중남미 사람이겠지만요) 보수적인 반면, 해안 지역 사람들은 굉장히 낙천적이고 쾌활하고 개방적입니다. 파티, 대화, 연애를 즐기는 감성적인 이들이기도 하고요. 가르시아 마르케스의 작품을 읽어 보면 스토리가 차분하게 전개되지 않고, 가끔은 산만하다 싶을 정도로 다채롭게 전개되는데, 그런 특징이 카리브 해안 지역 사람의 기질이 반영된 것이 아닌가 합니다. 원문으로 작품을 읽으면 가르시아 마르케스의 어휘력이 대단하다는 것을 느낄 수 있습니다. 문장이 조금 난잡하다고 표현하기엔 조금 지나치지만 굉장히 장황하다는 느낌이 분명 있습니다. 이것도 맺고 끊음이 분명하지 않고 쾌활한 수다를 즐기는 해안 지역 사람의 기질을 연상시킵니다. 콜롬비아가 안데스 산맥 때문에 왕래가 불편하고, 그래서 지역 간 격차가 큰 나라였기 때문에 가르시아 마르케스 같은 카리브 해 지역 특유의 수다스러운 이야기꾼이 탄생할 수 있었다고 개인적으로 믿고 있습니다.

1960년대 라틴아메리카 붐 세대 소설가의 대표 주자 가르시아 마르케스

가르시아 마르케스는 흔히 마술적 사실주의 혹은 마술적 리얼리즘이라고 부르는 라틴아메리카 문학 경향의 대표적 작가입니다. 영어로는 매직 리얼리즘 혹은 매지컬 리얼리즘이라고 하죠. 마술적 사실주의 이전의 라틴아메리카 문학을 조금 살펴볼 필요가 있습니다.

라틴아메리카 국가들은 대부분 19세기 초에 독립합니다. 그런데 이들의 독립은 우리가 생각하는 독립과 달라요. 우리는 독립과 함께 일본인들이 물러났지만, 라틴아메리카에서는 독립 후에도 여전히 스페인계 사람들이 정치, 경제, 사회, 문화를 지배했습니다. 독립 전쟁도 백인과 원주민의 전쟁이 아니라 본토 백인과 라틴아메리카에 뿌리를 내린 식민지 백인 사이의 전쟁이었습니다.

우리나라는 해방 직후부터 식민 잔재를 탈피한 한국 문학의 필요성을 논하지만, 라틴아메리카에서는 독립 후 반세기가 지나서야 라틴아메리카 문학다운 라틴아메리카 문학의 필요성을 비로소 깨닫게 됩니다. 독립다운 독립이 아니었으니 고민을 늦게 시작한 것이죠. 어찌 되었든 19세기 말 정도가 되면 시 분야에서 라틴아메리카 문학다운 문학이 태동합니다. 그리고 1920~1930년대가 되면 뛰어난 시인들이 대거 등장합니다. 소설은 그보다 좀 늦었습니다. 1920년대 정도 되어야 라틴아메리카 소설다운 소설이 등장하고, 1940~1950년대에 비로소 뛰어난 소설가들이 대거 등장합니다. 각각 19세기 말과 1930년대에, 훗날 세계 지성계와 문학을 강타한 소설을 썼던 브라질의 마샤두 지 아시스와 아르헨티나의 보르헤스 같은 예외가 있지만 말입니다.

하지만 라틴아메리카 문학이 세계 문학의 당당한 주역이 된 것은 1960년대에 이르러서입니다. 19세기에 독일 문학, 19세기 말과 20

세기 초에 러시아 문학, 1930년대에 미국 문학이 세계 문학의 반열에 올랐다면, 1960년대에는 라틴아메리카 문학이 그랬습니다. 반세기 넘도록 문학적 역량이 축적되고 쿠바 혁명으로 라틴아메리카가 해외 톱뉴스를 차지하면서 비로소 라틴아메리카 문학이 서구인들의 눈에 띄기 시작한 것입니다. 라틴아메리카 소설의 국제화에 가장 큰 기여를 한 이들로는 소위 붐 소설 4인방을 꼽습니다. 훌리오 코르타사르(아르헨티나), 가브리엘 가르시아 마르케스, 카를로스 푸엔테스(멕시코), 마리오 바르가스 요사(페루)가 그들입니다. 이들 외에도 수많은 소설가가 붐 세대로 분류되고, 그들 중 많은 이가 국제적 명성을 얻었으니 1960년대는 그야말로 라틴아메리카 문학, 특히 소설의 황금기였습니다. 붐 세대 작가들 중 가르시아 마르케스와 바르가스 요사 두 사람이나 노벨 문학상을 수상했으니 짐작이 가실 겁니다.

다만 붐 세대 혹은 붐 소설이라는 명칭이 미학적 기준으로 생긴 것은 아니라는 점을 말씀드리고 싶습니다. 붐 작가들은 다양한 작품 세계를 보여 주었습니다. 이를테면 마술적 사실주의는 가르시아 마르케스와 긴밀한 관계가 있지만 모든 다른 붐 작가들이 공유하는 것은 아니었습니다. 어떤 기자가 라틴아메리카 소설의 놀라운 상업적 성공을 '붐'이라고 지칭하면서 '붐 세대', '붐 소설' 등의 표현이 굳어졌을 뿐입니다. 그래도 붐 세대의 공통점을 지적한다면 수준 높은 문학에 대한 목마름입니다. 문학에 처음 발을 들여놓았을 때 그들은 대체로 선배 문인들의 작품 수준을 개탄했습니다. 그래서 서구 문학을 동경하며 습작을 많이 했습니다. 그러다가 서구 소설의 문체와 라틴아메리카의 사회적 이야기, 역사적 배경을 결합하면서 성공 가도를 걷게 됩니다. 쉽게 이야기하자면 형식 면에서 서구 작가들과 어깨를 나란히 할 정도의 역량을 갖춘 데다가, 역사적·사회적 고난으로 절실하게 하고 싶은 이야기가 있었다는 것이 그들의 성공 비결이었던 것입니다.

《백년의 고독》은 붐 세대의 수많은 소설 중에서도 가장 높은 평가를 받는 작품입니다. 이 소설이 출간 직후부터 날개 돋친 듯 팔리고, 또 서구 문단의 주목을 받게 된 것은 당시 서구 문단의 상황과도 무관하지 않습니다. 거칠게 이야기하자면 당시 유럽 소설들은 재미가 없었습니다. 1·2차 세계 대전을 겪으며 유럽 작가들이 집단 우울증에 걸린 듯한 느낌을 주지 않습니까? 그토록 참혹한 전쟁을 두 번이나 겪었으니 속칭 재미있는 이야기가 나오기 힘들었겠지만, 인간의 도덕성이나 우매함에 대한 환멸이 너무나 커서 국가 혹은 사회가 개인을 위해 무엇인가를 해 줄 수 있다는 기대를 접었기 때문이기도 합니다.

실존주의 소설들을 한 번 생각해 보십시오. 카뮈의 《이방인》을 예로 들어 볼까요? 작품을 읽다 보면 '아, 바로 이게 내 모습이야' 하며 공감이 갈 수도 있고, '정말 대단하다. 어떻게 인간의 심리를 이렇게 꿰뚫고 있지?' 하는 생각이 들기도 할 겁니다. 하지만 주인공이 처한 현실에 대한 언급이나 비판은 많지 않고, 그나마 대단히 암시적으로만 이루어질 뿐입니다. 말해 봐야 현실이 바뀌겠나 하는 태도로 말입니다. 깊이, 정말 깊이 작품을 곱씹지 않는다면 포착하기도 힘들고요. 그래서 주인공의 의식이나 심리 상태에 대한 공감대가 없다면 《이방인》은 타인의 지루한 넋두리에 불과할 뿐입니다. 누보로망에 이르면 말할 것조차 없습니다. 이야기 자체가 실종되어 버린 실험 소설이 누보로망이니까요. 이처럼 소설은 점점 더 공동체, 사회 혹은 국가 구성원들의 이야기가 아니라 개인의 내면 독백이나 예술가의 유희가 되어 가고 있었습니다. 그래서 소설의 위기 혹은 죽음을 공공연하게 논하게 되었고요.

바로 이런 시기에 《백년의 고독》이 등장했습니다. 라틴아메리카의 현실 역시 암울하기는 마찬가지지만 당시 라틴아메리카 소설가들은 환멸 때문에 움츠러들기보다는 현실을 고발하고, 이를 통해 현실을 바꿀 수 있으리라는 꿈을 비로소 꾸기 시작했습니다. 쿠바 혁명 직후의 시대였으니 어쩌면 당연한 일입니다. 그래서 당시 라틴아메리카 소설들은 개인의 창작이면서도 독자들이 공감대를 형성할 수 있는 요소가 많았습니다. 소설이 아직 무엇인가를 할 수 있다는 사실이 서구 문학계를 감동시켰고, 특히 《백년의 고독》은 마술적 사실주의의 매력과 함께 열광적인 환영을 받았습니다.

마술적 사실주의

'마술적 사실주의'라는 용어를 처음 사용한 이는 독일의 미술 평론가 프란츠 로입니다. 1925년 후기 표현주의(국내에서는 신즉물주의로 번역되었음)에 대해 논하면서였습니다. 그러나 그가 말하는 마술적 사실주의는 오늘날 문학에서 말하는 마술적 사실주의와는 거리가 있습니다. 그는 후기 표현주의가 표현주의의 실험적 기법을 거부하고 대상을 천착하는 자세를 높이 평가했는데, 후기 표현주의가 19세기의 사실주의나 자연주의처럼 대상을 정확히 묘사하려 하면서도 영적인 분위기를 연출했다는 점을 지적하기 위해 '마술'이라는 용어를 사용했습니다.

마술적 사실주의라는 용어가 라틴아메리카에서 사용된 것은 1927년 스페인의 〈서구(Revista de Occidente)〉지가 프란츠 로의 책을 소개하면서입니다. 당시 이 잡지가 상당히 영향력이 있다 보니 라틴아메리카에서도 이 용어가 통용되게 되었습니다. 그러다가 1950년대 중반 앙헬 플로레스라는 문학 비평가가 마술적 사실주의가 라틴아메리카 소설의 독특한 양식이라고 주장했습니다. 1967년에 루이스 레알이라는 비평가가 또다시 라틴아메리카 소설과 마술적 사실주의를 연관 짓는 글을 썼고요.

이 두 비평가가 말하는 마술적 사실주의는 프란츠 로가 말하는 마술적 사실주의와 거리가 멉니다. 즉, 내용은 사라지고 마술적 사실주의라는 용어만 남아 새로운 현상을 규정하게 된 셈입니다. 그렇다면 라틴아메리카 소설 비평에서 말하는 마술적 사실주의는 무엇일까요? '마술'과 '사실'이라는 양립하기 힘든 두 용어가 포함되었다는 점을 주목할 필요가 있습니다. 쉽게 이야기하자면, 작품 속에서 마법의 세계처럼 비현실적인 일들이 벌어지지만, 이를 통해 현실을 강력하게 비판하는 경향이 바로 마술적 사실주의입니다.

가르시아 마르케스가 마술적 세계관을 지니게 된 데에는 유년기의 경험이 크게 작용했다고 합니다. 그는 어렸을 때 부모님의 경제적 궁핍으로 아라카타카에서 조부모와 같이 살았습니다. 그때 외할머니가 어린 가르시아 마르케스에게 많은 이야기를 해 주었는데 그 이야기들이 으레 현실과 상상의 세계, 산 자의 세계와 죽은 자의 세계를 넘나들었다고 합니다. 그것도 너무나 천연덕스럽게 말입니다. 그 천연덕스러움이 바로 가르시아 마르케스 식의 마술적 사실주의, 그리고 《백년의 고독》의 마술적 사실주의의 가장 큰 특징입니다. 멜키아데스는 죽었다가 다시 살아나고, 4년 11개월 2일 동안 비가 계속 내리기도 하고, 미녀 레메디오스는 어느 날 침대 시트를 타고 승천하고, 3,000명이 학살을 당한 다음 날 바로 이 일에 대해 그 누구도 기억하지 못합니다.

그런데 이 모든 초자연적인 일들이 전혀 허풍이나 거짓말로 들리지 않습니다. 가르시아 마르케스가 말하는 것처럼 라틴아메리카의 현실 자체가 황당무계하기 때문입니다. 그의 노벨 문학상 수상 연설은 이러한 인식을 잘 보여 줍니다. 라틴아메리카 역사를 돌이켜 보면 젊음의 샘을 찾아 헤매던 정복자들이 있었는가 하면, 전투에서 잃은 한쪽 다리를 위해 성대한 장례식을 치른 장군도 있고, 3만 명의 농민을 한꺼번에 학살한 독재자, 여성 정치범들이 옥중에서 낳은 아이들을 국가에 충성하는 새로운 인간으로 기르겠다며 비밀리에 군인들에게 입양시킨 군사 정권, 두 살이 되기도 전에 질병과 굶주림으로 사망하는 2,000만 명의 아이들이 존재했다는 것입니다. 가르시아 마르케스의 주장대로라면 이런 비현실적인 일들을 사실적으로 묘사한 것이 바로 마술적 사실주의입니다. 라틴아메리카의 현실을 잘 모르는 이들에게는 《백년의 고독》이 '꿈과 환상의 세계'처럼 보일 수 있겠지만 실제로 이 소설의 힘은 현실의 힘에서, 나아가 그 현실에 침묵할 수 없다는 예술가의 양심에서 비롯된 것입니다. 독자들에게 고단한 현실을 잊어버리고 마법의 세계에 홀려 있기를 결코 권하지 않습니다.

《백년의 고독》: 백마술과 흑마술

어찌 되었든 《백년의 고독》이 서구 문학계에 강렬한 인상을 남기고, 오늘날 세계 문학의 백미로 평가받을 수 있게 된 것은 리얼리즘보다는 마술적 요소 덕분인 것은 분명합니다. 즉, 작품 속의 흑마술이 서구 독자들의 눈길을 사로잡은 것입니다. 제가 말하는 '흑마술'이란 환상, 미신, 황당무계한 인물과 사건 등 서구의 이성 중심주의적 시각으로는 도무지 이해하기 힘든 라틴아메리카의 현실입니다. 그러나 《백년의 고독》에는 흑마술만 존재하는 것이 아니라 백마술도 존재합니다. 흑마술이 라틴아메리카의 황당무계한 현실이라면 백마술은 마콘도 주민들이 경이로운 눈길로 바라보는 서구의 근대 문명입니다. 망원경, 돋보기, 자석, 얼음, 기차 등을 처음 보았을 때 마콘도 주민들의 반응이 어떠했나요? 마치 누군가 마술을 부린 듯 거기에 매료되었죠. 《오리엔탈리즘》의 저자로 유명한 에드워드 사이드는 근대를 '겹치는 영토, 뒤섞이는 역사'로 규정하고 있는데 마콘도가 바로 그런 형국입니다. 근대의 물결이 해일처럼 밀려들어 백마술이 사람들을 매료시키는 곳이 마콘도이죠.

그렇다면 백마술의 참얼굴은 뭘까요? 철도가 들어오더니 바나나 회사가 들어와서 작은 마을에 불과했던 마콘도를 발전시켰지만, 사실은 외국인들끼리 울타리를 치고 호의호식했을 뿐입니다. 그러다가 바나나 농장 노동자들이 대대적인 시위를 벌이자 공권력이 투입되어 3,000명 이상을 죽이는 학살극이 벌어지고 바나나 회사는 그대로 철수해 버립니다. 백마술은 마콘도 주민에게 오락거리나 삶의 편의를 제공하기 위한 것이 아니라 사실상의 식민 지배를 위한 것이었던 거죠. 이 에피소드는 사실 중앙아메리카, 콜롬비아, 에콰도르 등지에서 대규모 바나나 농장을 두고 철도와 항만 건설권과 관리권을 독점하다시피 한 유나이티드 프루트라는 미국 기업의 이야기입니다. 비용 절감을 위해 이 나라 저 나라를 떠돌아다니는 오늘날의 초국적 기업의 선조쯤 되는 기업이죠. 마콘도에서는 이들이 철수한 후 4년 11개월 2일 동안 비가 내려 마을이 폐허가 됩니다. 이 비는 자본이 철수한 후의 참상을 빗댄 것이죠. 그렇습니다. 서구 독자들의 눈에는 흑마술로 보일 뿐인 황당무계한 현실의 기원은 백마술인 셈입니다.

그래서 이탈리아 출신의 문학 비평가 프랑코 모레티는 《백년의 고독》이 근대 세계 체제가 마콘도 같은 전근대적인 지역을 합병하는 과정을 그린 소설이라고 봅니다. 아시는 분은 아시겠지만 '근대 세계 체제'라는 개념은 월러스틴에게서 비롯되었습니다. 월러스틴은 1450~1640년에 자본주의가 태동하면서 역사상 처음으로 세계가 하나의 근대 세계 체제로 재편되었고, 전 세계를 아우르는 지문화(Geo-culture)가 공고히 된 18세기에는 이 세계 체제가 완전히 뿌리를 내렸다고 주장한 바 있습니다. 월러스틴의 이론에 입각한 모레티의 주장은 나름대로 설득력이 있습니다. 철도가 들어오더니 바나나 회사가 들어와서 작은 마을에 불과했던 마콘도를 세계 경제 체제에 편입시켰으니까요.

하지만 '근대 세계 체제'라는 표현 자체가 진실을 은폐하고 있다는 점을 추가로 말씀드려야 할 것 같습니다. 근대의 과학 기술을 가지고 왔지만 동시에 식민주의적 착취도 수반되었는데 근대 세계 체제라니요. 근대 식민 세계 체제라고 해야 옳죠. 이런 문제 제기는 엔리케 두셀, 아니발 키하노, 월터 미뇰로 등을 중심으로 1990년대부터 비교적 최근까지 공동 연구를 진행한 근대성/식민성 연구 그룹의 시각입니다. 문학 비평은 별로 하지 않는 그룹이라 이 자리에서 길게 논하지는 않겠지만 두셀이나 미뇰로 책은 국내에도 번역되어 있으니 기회가 되시면 한 번 참조하시기 바랍니다.

'고독'의 의미

마지막으로 '백년의 고독'이라는 제목에 대해서 조금 말씀드리겠습니다. '백년'은 실제 100년이라기보다는 '오랜 세월' 정도를 뜻한다고 보시면 됩니다. '고독'에 대해서는 조금 깊이 생각해 볼 필요가 있습니다. 이 소설에 그토록 많은 인물이 등장하지만 타인을 정 상적으로 사랑하고, 타인을 이해하려고 노력하고, 자신이나 가문에 대해 성찰할 수 있는 능력을 가진 인물은 사실상 우르술라 한 사람 뿐입니다. 나머지 인물들은 모두 타인과의 커뮤니케이션 능력이 결 여된 고독한 사람들입니다. 누군가를 사랑해도 비정상적인 사랑을 할 뿐이고요. 이런 고독한 군상의 대표적 인물이 아울레리아노 대 령이겠죠. 32번이나 봉기를 일으키지만 나중에는 무엇 때문에 봉기 를 일으키는지도 모르게 되죠. 결국에는 방에 혼자 틀어박혀 황금 물고기를 만들었다 녹였다 하는 일을 반복합니다. 삶의 의미는 실 종되었고, 그렇다고 사람들과 어울리는 것도 싫어서 말입니다.

민음사에서 나온 책을 가지고 계시는 분은 해설에서 근친상간과 족외혼에 대한 부분을 곱씹어 보는 것도 괜찮을 것 같습니다. 《백년 의 고독》의 많은 등장인물이 근친상간을 맺습니다. 그리고 근친상 간으로 돼지 꼬리가 달린 아이가 태어나면서 가문도, 또 마콘도도 멸망하고 맙니다. 프로이트의 근친상간과 금기의 관계를 연상시키 는 설정이죠. 그런데 이 소설에서 근친상간이 빈번하게 이루어지는 이유는 바로 타인들과의 진정한 소통이 불가능하기 때문입니다. 타 인과 소통하지 못하니 어떻게 사랑이 되겠습니까? 결국 근친상간에 만족하고 마는 것이죠.

노벨상 수상 연설에서 가르시아 마르케스는 이에 대해 의미심장한 말을 했습니다. 고독의 반대말이 유대라는 것입니다. 즉, 고독에서 벗어나기 위해서는 사람들끼리 연대하는 삶이 필요하다는 암시이죠. 그런데 연대 의식이라는 것이 단순히 사람들끼리 어울린다고 발생할까요? 가르시아 마르케스는 공동체, 사회 혹은 국가의 현실이 정의롭지 못하면 연대 의식도 없다고 생각하고 있습니다. 그래서 《백년의 고독》은 고독한 군상들의 이야기지만, 개인적 고독을 다룬다기보다 라틴아메리카의 역사적, 사회적 고독을 다룬다고 볼 수 있습니다.

Lesson 6

파블로 네루다,
움직이지 않는 여행자

by 김현균 서울대 교수

파블로 네루다(Pablo Neruda, 1904~1973)

칠레 중부의 파랄에서 철도원의 아들로 태어났다. 수도 산티아고의 칠레 대학교에서 철학과 문학을 공부했으며, 일찍이 학창 시절부터 시를 쓰기 시작했다. 1923년 첫 시집《황혼일기(Crepusculario)》로 문단에 이름을 알렸고, 이듬해에《스무 편의 사랑의 시와 한 편의 절망의 노래(Veinte poemas de amor y una canción desesperada)》를 발표했다. 1925년《무한한 인간의 시도(Tentativa del hombre infinito)》라는 장편 시를 발표하여 뛰어난 초현실주의 시인으로 인정받았다. 1927~1932년에 미얀마, 자바, 싱가포르, 실론 등지에서 영사로 근무하면서 쓴《지상의 거처(Residencia en la tierra)》(1933, 1935)는《모두의 노래(Canto general)》(1950)와 함께 그의 대표작으로 알려져 있다. 1935년 이후 마드리드 주재 영사로 활동하면서 가르시아 로르카, 라파엘 알베르티 등의 시인과 교우하였다. 스페인 내전을 통해 현실 참여적 경향이 첨예화되었다. 1945년 칠레 공산당에 입당하면서 정치 활동에 나서 같은 해 칠레 북부의 탄광 지대 타라파카와 안토파가스타 주에서 상원 의원에 당선되었다. 1947년 정치적 성격이 강한《제3의 거처(Tercera residencia)》를 발표하였으며,《기본적인 것들에 바치는 송가(Odas elementales)》이후 친밀한 일상적 세계를 노래하게 된다. 그 밖의 작품으로는《에스트라바가리오(Estravagario)》(1958),《이슬라네그라의 추억(Memorial de Isla Negra)》(1964) 등이 있다. 1971년 노벨 문학상을 수상하였으며, 1973년 산티아고의 산타마리아 병원에서 69세를 일기로 사망하였다.

네루다의 방대한 시 세계와 그를 관통하는 중심 사이를 여행하기

흔히 '시의 시대'로 일컬어지는 1980년대에는 시집을 옆구리에 끼지 않으면 대학생 취급을 받지 못했습니다. 그러나 지금은 서점의 서가에서 시집 코너가 점차 사라지고 있는 추세죠. 안타깝게도 시 장르가 갈수록 독서 시장에서 설 자리를 잃어 가는 것 같습니다.

그래서일까요? 학교를 떠나 시를 강의할 기회가 주어질 때마다 어떤 내용을 가지고 어떻게 소통해야 할지 고민이 많습니다. 네루다만 해도 스페인어권 시인 중에서는 비교적 널리 알려져 있는 편에 속합니다. 우리나라 문학 교과서에도 「시」, 「옷에게 바치는 송가」 같은 작품이 실려 있으니까요. 네루다가 지닌 여러 얼굴을 아우를 수 있는 내용을 고민하다 '움직이지 않는 여행자'라는 제목을 붙여 보았습니다. 제가 지어낸 말은 아니고요. 로드리게스 모네갈이라는 비평가가 이 칠레 시인을 그렇게 규정한 바 있습니다.

여행은 움직임과 이동이 생명이니 이는 일종의 모순 어법에 해당하는 표현입니다. 이 강의는 네루다가 어떤 점에서 움직이지 않는 여행자인가를 설명하는 가벼운 내용이 될 것 같습니다. 단순화시켜 말하자면 네루다는 늘 여행을 떠났지만 뭔가를 버리기 위해서가 아니라, 가져간 것을 훨씬 풍성한 모습으로 성장시켜 되돌아오기 위해서 떠났습니다. 30여 권에 이르는 방대한 작품들은 결국 하나의 중심으로 수렴되는 과정을 되풀이하고 있습니다.

네루다는 어떤 시인인가?:
정치, 역사, 문화적 맥락에서 네루다 읽기

우리가 라틴아메리카 문학을 접할 때 가장 중요한 것은 그 현실적 맥락을 있는 그대로 이해하고 받아들이는 태도입니다. 지금까지 주변부 문학에 대한 시각은 서구 중심부 국가들의 프리즘을 통과하면서 심하게 굴절되거나 왜곡되는 경우가 많았습니다. 이제는 라틴아메리카의 고유한 맥락을 이해하고 좀 더 균형 잡힌 시각으로 세계 문학 속에서의 라틴아메리카 문학의 자리를 고민해 봐야 하지 않을까요? 네루다와 그의 작품 세계를 이해하기 위해 먼저 몇 가지 맥락을 짚어 보도록 하겠습니다.

칠레 국민들 가슴속에 살아 숨 쉬는 시인

먼저 2010년 8월 전 세계의 언론을 떠들썩하게 했던 칠레의 매몰 광부들 얘기를 해 볼까요? 어두컴컴한 지하 공간에 갇힌 광부들이 삶에 대한 의지와 희망을 일깨우기 위해 함께 둘러앉아 네루다의 시를 읽었다고 합니다. 믿어지시나요? 우리로선 상상하기 힘든 일입니다. 평생 '문학'이라는 말을 입에 올려 본 적도 없을 것 같은 광부들이 시를 읽으며 삶에 대한 희망의 끈을 놓지 않았다니요.

이 에피소드는 칠레인들의 가슴속에 네루다가 여전히 살아 숨 쉬는 시인이라는 사실을 잘 보여 줍니다. 「커다란 기쁨」의 내용을 함께 보실까요?

- -

나는 쓴다, 물과 달을, 변치 않는 질서의

요소들을, 학교를, 빵과 포도주를,

기타와 연장을 필요로 하는 소박한 사람들을 위해 쓴다.

나는 민중을 위해 쓴다, 설령 그들의

투박한 눈이 나의 시를 읽을 수 없을지라도,

언젠가 내 시의 한 구절이, 내 삶을 휘저었던 대기가,

그들의 귓가에 닿을 날이 오리라,

그러면 농부들은 눈을 들 것이다,

광부는 웃음 띤 얼굴로 바위를 깨고,

제동수는 이마의 땀을 닦고,

어부는 팔딱거리며 그의 손을 불태우는 물고기의

반짝거림을 더욱 선명하게 보게 될 것이고,

갓 씻은 깨끗한 몸에 비누 향기 가득한

기계공은 나의 시를 바라볼 것이다.

그리고 아마도 그들은 말할 것이다, "그는 동지였다"고.

그것으로 충분하며, 그것이 내가 바라는 월계관이다.

이처럼 네루다는 민중들의 삶을 시로 승화시킬 줄 알았고, 그것이 바로 오늘날에도 여전히 칠레의 국민 시인이자 정신적 버팀목으로 추앙받는 이유라고 할 수 있습니다. 정치 분야에서도 상황은 크게 다르지 않습니다. 2013년 4월, 네루다의 사인을 규명하기 위해 그의 유해가 발굴되었습니다. 네루다는 1973년 9월 23일 지병인 전립선암이 악화되어 사망한 것으로 알려져 왔습니다. 하지만 그의 운전기사이자 경호원이었던 마누엘 아로요가 군부의 사주를 받은 담당 의사가 항암 치료를 빌미로 독극물을 투여했다는 음모론을 제기함으로써 유해를 발굴하는 사태에까지 이르렀습니다. 국제 법의학 전문가들에 의해 독살이 아닌 것으로 판명되었지만, 이러한 일련의 상황을 지켜보면서 우리는 네루다가 두 개의 집으로 분열된 칠레의 국가 통합의 상징으로서 여전히 오늘의 칠레를 움직이는 살아 있는 힘이라는 것을 확인할 수 있습니다.

칠레 현대사를 관통한 네루다의 죽음과 변방 시인의 고통

네루다는 시인, 외교관, 정치인으로 격동의 세월을 살았습니다. 그러나 그의 파란만장한 삶 속에서도 장례식만큼 인상적인 장면은 찾아보기 어려울 겁니다. 장례식 장면에 대한 묘사를 보도록 하겠습니다.

25일 화요일, 아침 9시, 출입구와 1층을 흥건히 적시고 있는 물바다를 건너 다시 한 번 운구해야 하는 서글픈 일이 남아 있었다. 어렵사리 밖으로 나오자 수많은 노동자, 학생들이 길거리에 모여 있었다. 사람들이 외치는 소리가 들리기 시작했다. 누군가가 '파블로 네루다 동지는!' 하고 외치면 다른 사람들이 '살아 있다!'고 소리치는 것이었다. 장례 행렬은 도전적인 분위기를 만들며 길게 이어졌다. (중략) 길을 나아갈수록 행진하는 사람들이 불어났다. 라파스 거리에 있는 국회의사당에 도착하면서 장례 행렬은 강렬한 대중적 항의로 바뀌었다. 그리고 그것은 9월 11일의 쿠데타 이후 처음이었다. (중략) 고백컨대 나는 두려움으로 온몸이 얼어붙는 것 같았다. 사람들이 점점 더 거센 목소리로 인터내셔널가를 부르기 시작했기 때문이다. 그러다 문득 보니, 나 자신도 두 손을 하늘 높이 흔들면서 노래를 부르고 있는 것이었다. 빈틈없이 무장한 군인들이 묘지 반대편 광장을 둘

러싸고 있었고, 조금 있으면 그들이 기관총을 난사할 것이라고 나는
진심으로 믿었다. 누군가가 큰 소리로 '파블로 네루다 동지는!' 하고
외치면 우리는 모두 '살아 있다!' 하고 화답하였다. 외치는 소리는
두세 차례 반복되었고, 갈수록 더 힘찬 목소리로 대답하였다.

네루다는 피노체트의 군사 쿠데타가 발발한 지 12일 만에 사망합
니다. 시인의 장례식은 쿠데타 이후 숨죽이고 있던 칠레 시민들이
거리로 나선 최초의 대중 집회였습니다. 질곡의 칠레 현대사, 그 한
가운데에 네루다의 죽음이 있었던 거죠. 네루다는 죽는 날까지 많
은 독자들의 사랑을 받았고 그의 죽음은 칠레인들뿐만 아니라 많은
세계인들의 마음을 울렸지만, 노벨 문학상 수상 연설에서 그는 뜻
밖에도 이렇게 말합니다.

"저는 지리적으로 다른 나라들과 동떨어진 어느 한 나라의 이름
없는 변방에서 왔습니다. 그동안 저는 시인들 가운데서 가장 소외
된 시인이었으며 지역의 한계에 갇힌 저의 시 안에서는 늘 고통의
비가 내렸습니다."

전 세계적으로 문학적 가치를 인정받는 자리에서 대시인이 할 소
리는 아닌 것 같죠?

세계 문학, 구세계에서 온 세계로

1960년대에 들어서면서 '소설의 죽음'이라는 말이 회자되기 시작하는데, 과연 그것이 소설의 위기인가, 아니면 서구 소설의 위기인가 하는 질문을 던지게 합니다. 보르헤스 같은 예외적 인물이 존재하긴 하지만, 사실 1960년대 이전까지 라틴아메리카 문학은 지역의 한계를 크게 벗어나지 못한 미지의 땅이었습니다. 그러다 1960년대에 들어 갑자기 일단의 작가들이 두각을 나타내는데 가르시아 마르케스, 카를로스 푸엔테스, 바르가스 요사, 훌리오 코르타사르를 필두로 한 이 작가군을 '붐 세대'라 부릅니다. 서구 문학이 침묵하던 시기에 세계 출판 시장의 기대주로 부상한 붐 세대는 주변부 문학이 중심부로 진입한 역사적 쾌거로 기록되고 있습니다. 이처럼 1960년대 이후 중심부가 지배하던 문학의 지형도, 지식의 지정학에 일정한 변화가 나타나기 시작했고, 그 중심에 붐 세대의 독창적인 창작 미학으로 알려진 마술적 사실주의가 자리하고 있었습니다.

괴테가 최초로 세계 문학 개념을 제기한 이후, 민족 해방 서사와 마술적 사실주의, 그리고 탈식민주의 담론과 함께 드디어 오랜 세계 문학 개념에 균열이 생긴 셈인데, 네루다는 보르헤스 등과 더불어 그 이전에 이미 라틴아메리카 문학을 세계에 알린 선구적 역할을 했다고 할 수 있습니다. 너무 자주 언급되어 식상한 감이 없지 않지만, 밀란 쿤데라는 이렇게 말한 적이 있습니다.

"소설의 종말에 대해 말하는 것은 서구 작가들 특히 프랑스 작가들의 기우에 불과하다. 책꽂이에 가르시아 마르케스의 《백년의 고독》을 꽂아 놓고 어떻게 소설의 죽음을 말할 수 있단 말인가?"

2012년 노벨 문학상 수상 작가인 모옌이 공개적으로 마술적 사실주의의 영향을 얘기하고 최근까지도 중국에서 《백년의 고독》이 베스트셀러 상위에 오르는 것만 봐도 라틴아메리카 문학의 확장력이 어느 정도인지 가늠해 볼 수 있습니다.

여성과 대중, 세계로부터 사랑받는 시인

네루다라는 이름이 일반 대중들의 귀에 익숙하게 된 것은 안토니오 스카르메타의 《불타는 인내(Ardiente paciencia)》를 원작으로 한 마이클 래드포드의 영화 〈일 포스티노〉를 통해서였습니다. 영화가 인기를 끌면서 네루다가 노벨 문학상 수상 연설에서 언급한 랭보의 시구에서 가져온 소설 제목이 '네루다의 우편배달부(El cartero de Neruda)'로 둔갑하는 웃지 못할 일이 일어나기도 했습니다. 네루다의 망명 시절을 다룬 〈일 포스티노〉는 〈인생은 아름다워〉나 〈시네마 천국〉처럼 휴머니즘에 호소하는 좋은 이탈리아 영화의 계보를 잇고 있습니다.

1948년 '나는 고발한다'라는 제하의 상원 연설로 의원직을 박탈

당하고 체포령이 내려지면서 네루다는 오랫동안 정치적 탄압을 받게 됩니다. 그는 정치적 망명자로 세계를 떠돌게 되는데, 망명지 중 한 곳이 이탈리아였습니다. 네루다가 이탈리아의 한 외딴섬에 정착하면서 가난한 어부의 아들이었던 마리오가 시인에게 편지를 전해 주는 임시 우편배달부로 고용됩니다. 영화는 마리오와 시인의 우정, 마리오와 베아트리체가 키워 가는 사랑을 감동적으로 그려 내고 있습니다. 다른 한편, 이 영화는 '시란 무엇인가'라는 근원적인 질문을 던지고 있습니다. 이런 이유로 영화이면서도 많은 이들에게 '시란 무엇인가'를 얘기할 때 유용한 참조 텍스트가 되고 있는 것입니다. 시인 황지우도 이 영화를 보고 「일 포스티노」라는 시를 남긴 것을 보면 우리 시인들에게도 적지 않은 울림을 준 것 같습니다.

네루다가 정치적 박해를 받고 이탈리아로 망명한 사연이나 처음에는 이탈리아 정부에서 네루다의 망명을 허가하지 않았지만 지식인들의 항의로 결국 망명을 받아들일 수밖에 없었다는 얘기를 들으면 네루다가 굉장히 정치적인 시인일 것 같지만, 동시에 그는 세계 여성 독자들로부터 전폭적 환호를 이끌어 낸 사랑의 시인이었어요. 초기에는 여성적 감수성을 자극하는 시와 난해한 초현실주의 시를, 냉전 시대를 겪으면서는 아주 투쟁적인 참여시를 썼죠. 이런 다양성의 본질을 설득력 있게 설명하기란 쉽지 않은데, 시인의 회고록에서 해답의 실마리를 찾을 수 있습니다.

고통받으며 투쟁하고, 사랑하며 노래하는 것이 내 몫이었다. 승리의 기쁨과 패배의 아픔을 세상에 나누어 주는 것이 내 몫이었다. 빵도 맛보고 피도 맛보았다. 시인이 그 이상 무엇을 바라겠는가? 눈물에서 입맞춤에 이르기까지, 고독에서 민중에 이르기까지 그 모든 것이 내 시 속에서 살아 움직이고 있었다.

이처럼 네루다의 시에는 이질적이며 상극적인 요소들이 공존하기 때문에 한 면만 부각시켜 읽으면 진실에서 멀어집니다. 그가 냉전 시대를 대표하는 좌파 시인으로 동서 진영 양쪽에서 동시에 찬양되고 비판받은 것도 이와 무관하지 않겠지요. 그는 정통 스탈린주의를 표방했지만 실제로는 열린 가슴의 사상적 자유인에 가까웠습니다.

네루다가 시인으로서 누린 가장 큰 행복도 이데올로기의 차이를 떠나 독자들의 폭넓은 사랑을 받았다는 데 있습니다. 지금은 어떤지 모르겠지만, 제가 유학하던 20년 전만 해도 가장 인기 있는 밸런타인데이 선물 목록에 그의 시집이 들어 있었어요.

네루다의 생애와 사랑을 통한 작품 읽기

이렇게 방대한 네루다의 시를 어떻게 소개할 수 있을까 고민이
되는데요. 강의 제목을 '움직이지 않는 여행자'라고 했지만, 크게 보
면 그의 시 세계는 '사랑'이라는 단어로 요약되지 않을까 생각합니
다. 처음에는 여인과 자연에 대한 사랑으로 시작하지만 역사에 대
한 전망을 획득하면서 조국과 민중에 대한 사랑으로 확장되어 갑니
다. 중요한 건 여인에 대한 사랑이 민중에 대한 사랑을 만나면서 폐
기되는 것이 아니라 함께 어우러진다는 겁니다. 네루다 작품 안에
서 사랑의 개념은 끊임없이 다양한 요소들을 감싸 안으며 눈사람처
럼 불어나는 모습을 보이고 있습니다. 마치 전체 시집이 한 편의 긴
순환 시와 같은 형태를 띤다고 할 수 있겠지요. 그럼 네루다의 생애
와 작품 세계를 통해, 사랑의 양상이 어떻게 변해 가는지 살펴보도
록 하겠습니다.

젊은 날의 열정 그리고 자연
《스무 편의 사랑의 시와 한 편의 절망의 노래》

네루다의 본명은 네프탈리 리카르도 레예스 바소알토였습니다.
당시 칠레에서 시인은 가난의 동의어와 마찬가지여서 네루다는 아

버지의 눈을 피해 필명을 쓰지 않을 수 없었죠. 아마도 네루다라는 이름은 체코 시인 얀 네루다에서 따온 것으로 보입니다.

네루다는 성장기를 주로 칠레 남부의 소도시 테무코에서 보내게 됩니다. 그러다가 칠레대학교 사범대학으로 유학을 떠나죠. 프랑스어 교사가 되기 위해서였지만 끼니도 해결하지 못할 정도로 가난에 시달렸다고 합니다. 친구들과 어울려 다니며 떠들고 마시고 글을 쓰고, 석양이 내리면 지는 해를 바라보며 고향에 두고 온 여인을 그리워하는 것이 일과였습니다. 한마디로 보헤미안적인 삶이었죠. 이 시기의 삶이 투영된 시집이 1924년에 출간된 《스무 편의 사랑의 시와 한 편의 절망의 노래》입니다. 당시 네루다의 나이는 스무 살에 불과했고 수록된 시들은 대부분 십 대 말에 쓰인 것들입니다. 사춘기의 열정과 자연에 대한 묘사가 절묘하게 어우러진 시편들이죠.

시골뜨기 시인은 원고를 들고 출판사를 찾아가지만 보기 좋게 거절당하고 맙니다. 풋내기 시인의 시를 내 줄 만큼 여유도 없었겠지만, 아마도 시의 내용이 너무 관능적이라는 게 가장 큰 이유였을 겁니다. 당시 칠레는 라틴아메리카에서 가장 보수적인 가톨릭 국가였으니 그 시집이 불러일으킬 파장은 대단했을 것으로 짐작됩니다. 하지만 우여곡절 끝에 가까스로 초판 500부를 찍어 내게 됩니다. 예상과 달리, 21편의 시가 수록된 이 얄팍한 시집은 1961년까지 스페인어판으로만 100만 부가 넘게 팔리는 폭발적인 반응을 일으켰습니다. 《스무 편의 사랑의 시와 한 편의 절망의 노래》가 가장 널리 읽히는 네루다의 출세작이 된 이유는 무엇일까요? 문학사적으로 딱히 시대를 앞서간 작품도 아닌데 말이죠.

이 시집을 두고 누군가 "중산층 눈높이의 사랑"을 노래했다고 지적한 바 있는데, 여기에서 성공의 비결을 찾을 수도 있겠죠. 추상적이고 관념적인 사랑이 아니라 삶의 냄새가 배어 있는, 펄펄 살아 있는 사랑 말입니다. 흥미로운 사실은 도발적 이미지와 에로티시즘, 고백적인 친밀감이 두드러지는데도 막상 독자들은 그렇게 관능적으로 느끼지 않는다는 것입니다.

- -

난 봄이 벚나무와 하는 행위를 너와 하고 싶다

- -

인용한 시구에서 볼 수 있듯이, 자연에서 많은 비유를 빌려오고 있어요. 물론 이 구절만 놓고 보면 굉장히 선정적이지만 전체 맥락에서 보면 그렇게 느껴지지 않습니다. 인간과 우주의 에로스적 친화에 바탕을 둔 자연 친화적 상상력 덕분입니다.

이 시집에는 구체적인 뮤즈가 존재합니다. 네루다가 산티아고에서 만난 알베르티나 아소카르라는 여인이죠. 그녀는 이 시집에 결정적인 영감을 주게 됩니다. 네루다는 오래도록 아소카르에 대한 열망을 잃지 않지만 가난에서 비롯한 여러 사정으로 결국 엮이지 못하고 맙니다. 훗날 네루다가 죽고 나서 아소카르에게 보낸 연애편지가 책으로 발간되는데, 그녀에게 매달리며 사랑을 구걸하는 모습이 눈물겨울 정도예요. 네루다가 살아 있었다면 얼마나 얼굴이 화끈거렸을까요?

고독한 섬 그리고 절망적 사랑
《지상의 거처》

대학을 졸업했지만 먹고사는 문제는 해결되지 않습니다. 네루다는 빵을 얻기 위해 어디론가 떠나야 했습니다. 지구본에서 우연히 짚은 곳이 극동이었고 1927년 미얀마의 랭군 주재 명예 영사로 임명됩니다. 말이 명예 영사지 어쩌다 차를 싣고 칠레로 떠나는 배에 도장을 찍어 주는 단조로운 일이 업무의 거의 전부였고 급여도 제때 나오지 않았습니다. 주변에 스페인어로 소통할 수 있는 사람이 없었던 데다 영국 식민자들을 혐오해 네루다는 소통의 가능성이 철저하게 단절된 절대 고독의 상태에 놓이게 됩니다. 이 절대 고독으로부터 벗어날 수 있는 방법은 크게 두 가지였어요.
성적 대상으로서 여성을 욕망하는 것이 그 하나이고, 시 쓰기에 매달리는 것이 다른 하나입니다. 시간적 여유가 많았음에도 네루다는 이 시기에 거의 시를 쓰지 못했어요. 아이러니죠. 여인과의 사랑도 대부분 육체적 쾌락을 위한 것이어서 시에 깊은 영감을 주지 못했습니다. 산티아고에 두고 온 알베르티나 아소카르와의 관계에 별진전이 없자 네루다는 정말 '홧김에' 네덜란드계 여자 마리아 안토니타와 결혼하게 됩니다. 결과적으로 사랑이 결핍된 이 결혼은 두 사람 모두에게 비극적 결과를 가져오고 맙니다. 네루다가 돈을 벌어 금의환향할 것으로 기대했지만 빈털터리 신세로 껑충한 키에 스페인어도 제대로 못하는 외국인 여자까지 데려왔으니 집안의 냉대가 이만저만 아니었겠죠. 네루다는 다시 학창 시절의 보헤미안적 삶으로 돌아갔고 부인에게는 황폐한 삶이 남겨졌습니다. 두 사람 사이에 태어난 딸도 8세의 어린 나이에 뇌수종으로 사망하고 맙니다.

철저하게 고독했던 이 시기의 삶이 투영된 시집이 바로 《지상의 거처》입니다. 사랑하는 사람의 부재와 그로 인한 상실감이 세계의 상실과 파괴에 대한 직관으로 확대되는 양상을 볼 수 있습니다. 우울한 메시지와 '죽음'이란 단어로 가득 찬 이 시들은 이제 멜랑콜리가 아닌 절망을 노래합니다. 세상과의 소통이 불가능한 상황에서 시는 시인의 내면을 향하게 되고, 결과적으로 불가해한 언어와 이미지의 향연이 펼쳐집니다. 그래서 흔히 '난해 시'로 규정되는 이 시기의 시는 잘 읽히지 않아요. 서구 초현실주의에서 직접적으로 영향받은 게 아니라 시인이 처한 환경에서 비롯하였다는 의미에서 자생적 초현실주의라는 용어를 사용하기도 합니다.

《지상의 거처》에서 그나마 잘 읽히는 시로 「홀아비의 탱고」가 있습니다.

훗날 언젠가는 그대가 나를 죽일까 봐 무서워 코코야자나무

옆에 묻어 놓은 칼을 찾아내겠지.

그런데 지금 문득 그대 손의 무게와 그대의 반짝이는 발에

길들여진 그 부엌칼 냄새가 맡고 싶다.

축축한 땅 아래, 귀먹은 뿌리들 틈에서,

가련한 사람은 인간의 모든 언어 중에 오직 그대 이름만을 알리라.

조시 블리스라는 여인과의 이별을 회상하며 쓴 작품인데요. 이 시기 네루다의 작품에 유일하게 고유 명사로 등장하는 예외적인 인물입니다. 네루다에게 무섭게 집착했던 그녀는 "버마의 표범"으로 불릴 정도로 육체적 열정에 사로잡힌 여자였어요. 그녀는 언젠가 네루다가 자신을 버리고 떠날지도 모른다는 두려움에 휩싸였습

니다. 사랑했지만, 이 여인과도 결국 이뤄지지 못하고 눈물겨운 이 별을 하게 됩니다. 훗날 네루다는 이때가 일생에서 가장 힘겨운 선택의 순간이었다고 회고합니다. 조시 블리스와 이별하고 나서 마치 홀아비가 된 듯한 심정으로 써 내려간 이 시는 생생한 구어적 표현으로 이별의 아픔을 예리하게 형상화하고 있습니다.

1935년, 네루다는 인생의 결정적 계기와 마주하게 됩니다. 꿈에 그리던 마드리드 주재 영사로 임명된 것이지요. 칠레 출신의 변방 시인에 불과했던 그는 이제 중심부에 진입하여 당시 스페인 문학 제2의 황금기를 주도하던 27세대 시인들과 교우하면서 점차 스페인어권을 대표하는 시인으로 성장해 갑니다.

고독한 섬에서 광장으로
《가슴속의 스페인》,《모두의 노래》

이 시기에 네루다는 스페인 내전을 통해 역사와 만나게 됩니다. 네루다의 삶과 문학에 커다란 변화를 가져온 이 역사적 사건은 제2차 세계 대전의 전초전이었습니다. 그리고 역사상, 한 개인이 역사의 방향을 바꿀 수 있다는 믿음이 존재했던 마지막 사건이었다고 해요. 네루다도 이러한 시대의 격랑에서 자유롭지 못했습니다.

1943년에는 멕시코 주재 총영사를 그만두고 귀국하는 길에 마추픽추 유적을 방문하게 되죠. 마추픽추 방문은 네루다에게 라틴아메리카인이라는 자각을 일깨워 줍니다.

스페인 내전을 통해 역사를 만나고 마추픽추 방문을 통해 라틴아메리카적 전망을 획득하면서 이제 네루다의 시는 과거와 전혀 다른 모습을 띠게 됩니다. 알론소라는 비평가는 《제3의 거처》이후 네루다의 시가 밤에서 새벽으로 탈바꿈했다고 지적하는데, 아마도 완전히 새로운 시인으로 거듭났다는 말이겠죠. 네루다의 삶에도 변화가 일어나, 파시즘의 불길이 유럽의 하늘을 뒤덮고 있던 이 암울한 시기에 반파시즘 투쟁에 적극적으로 가담하게 됩니다.

1937년 스페인에서 출간된 《가슴속의 스페인》은 네루다 최초의 정치 시집으로 전선에서 병사들에게 읽혔던 작품입니다. 여기에서 시인은 이렇게 노래합니다.

너희들은 물을 것이다. 왜 당신의 시는
꿈과 나뭇잎과 조국의 거대한
화산들에 대해 노래하지 않느냐고.

와서 거리의 피를 보라.
와서 보라,
거리의 피를.

와서 보라, 피를,

거리에 뿌려진!

 이 시에서 네루다는 세상은 변했고, 그래서 자신의 시도 변했음을 결연하게 밝히고 있습니다. 이 시기의 또 하나의 대표작은 《모두의 노래》입니다. 《지상의 거처》를 대표작으로 보는 사람들도 많으나, 네루다는 한때 이 시집을 폐기하기도 했어요. 한 청년이 이 시집을 손에 든 채 자살한 적이 있기 때문이죠. 물론 지금은 둘 다 위대한 시집으로 평가받고 있습니다.

 《모두의 노래》는 아메리카에 사람이 살기 전부터 1949년 네루다가 마침표를 찍는 순간까지 라틴아메리카 역사를 수놓았던 숱한 영웅과 반역자, 시인 자신, 동식물 등, 그야말로 라틴아메리카의 모든 것을 아우르고 있는 대서사시로서 혁명의 시대를 예고한 예언서 같은 시집이라고 할 수 있습니다. 라틴아메리카에서 작가가 된다는 것은 많은 경우 투사냐 반역자냐의 선택의 기로에 서는 것과 마찬가지였습니다. 체 게바라가 볼리비아 밀림에서 최후를 맞았을 때 그의 배낭에서 발견된 노트에 네루다의 이 시들이 적혀 있었던 것은 물론 우연이 아니겠지요.

 《모두의 노래》에서 시인은 총체적 현실의 해석자, 라틴아메리카의 모든 잊힌 기억을 끌어오는 기억의 심부름꾼 역할을 하고 있습니다. 여기서 우리는 여인에 대한 사랑이 역사와 인류 보편에 대한 광대한 전망으로 확장해 가는 모습을 확인할 수 있어요.

《모두의 노래》라는 방대한 시집에서 한 작품을 고르기란 어렵습니다만, 「마추픽추 산정 12」를 소개하고자 합니다. 네루다는 마추픽추 산정에 올라 "시를 계속 쓰기 위한 믿음의 원리"를 깨달았다고 합니다. 네루다를 탈신화화하고 싶어 하는 사람들에 따르면, 실제로는 "여기서 바비큐를 해 먹으면 끝내주겠다"라고 말했다고 합니다. 그러나 마추픽추에 올라 보면 누구나 그것이 지극히 자연스러운 반응임을 알 수 있습니다. 네루다는 위대한 잉카 유적의 아름다움과 현란함에 현혹되지 않고 거기에서 인간의 고통을 읽어 내게 됩니다. 그 유적을 세우기 위해 말없이 스러져간 수많은 노동자들의 기억을 불러내 말 없는 목소리들의 대변자 역할을 자처합니다. 더 나아가 그들의 고통을 오늘날 노동자들의 고통과 연관시킴으로써, 우리 인간은 홀로 존재하지 않고, '과거-현재-미래'의 사회와 역사 속에 그 뿌리를 가지는 연속적 존재의 일부라는 전망을 드러내게 됩니다. 마추픽추 유적은 1911년 미국 역사학자 하이럼 빙엄에 의해 발견되었지만, 네루다는 고독과 개인주의에 대한 연대성의 승리를 눈부시게 형상화하고 있는 이 시를 통해 마추픽추를 새롭게 발견하고 있습니다.

그렇다면 스페인 내전과 마추픽추 방문만으로 네루다 시의 급진적 변화를 설명할 수 있을까요? 그 배후에는 역시 한 여인이 있었습니다. "개미"라는 별명으로 불릴 만큼 부지런했던 뛰어난 활동가 델리아 델 카릴이 바로 그 주인공입니다. 두 번째 부인인 이 여인은 네루다 인생의 터닝포인트가 된 스페인 체류 시절, 이데올로기적으로 결정적인 영향을 끼치게 됩니다.

그러나 네루다의 여성 편력은 여기에서 끝나지 않아요. 1946년, 훗날 세 번째 부인이 될 마틸데 우루티아를 만나게 됩니다. 영화 〈일 포스티노〉에서 시인과 동행하는 여인이 바로 마틸데죠. 그러나 아직 두 번째 부인과 이혼하지 않았으니 사실상 불륜 관계였어요. 1952년 나폴리에서 《대장의 노래》가 익명으로 발간되는데요. 전적으로 마틸데에게 바쳐진 시집이었어요. 이에 대해 네루다는 당시까지 부부 관계였던 델리아 델 카릴에게 상처를 주지 않기 위해서 익명으로 발표했다고 그 이유를 밝히고 있습니다. 그러나 달리 보면, 좌파의 상징적 존재로 부상한 네루다 입장에서는 망명 상태에서 불륜의 사랑을 노래한 시집을 출간하는 것이 매우 부담스러웠겠죠. 어쨌든 마틸데는 네루다의 시에서 "나의 주인, 뜨겁게 사랑하는"이라고 표현되고 있을 만큼, 진정한 시적 영감의 원천이 된 여인이었습니다. 1959년에 발간된 《100편의 사랑 소네트》 역시 그녀에게 바쳐졌습니다. 《대장의 노래》에 실린 「작은 아메리카」에서는 사랑하는 여인을 '작은 아메리카'에 비유하고 있습니다. 스페인 내전을 통해 역사의식에 눈뜨고 마추픽추 방문을 통해 자신이 라틴아메리카인임을 자각한 시인에게 이제 여인에 대한 사랑과 라틴아메리카 대륙에 대한 애정은 별개가 아닌 하나입니다. "드넓은 내 조국은 그렇게 나를 받아들인다. / 작은 아메리카 그대 몸속에." 같은 표현은 여전히 관능적이지만, 분명 과거와는 다른 사랑의 차원이 열리고 있음을 알 수 있습니다.

고독한 섬과 광장의 화해
《기본적인 것들에 바치는 송가》,《기본적인 것들에 바치는 새로운 송가》

1948년 말을 타고 안데스를 넘어 망명 길에 올랐던 네루다는 1952년 검거령이 철회되면서 귀국하여 태평양 연안의 이슬라네그라에 정착합니다. 차분히 지나온 삶을 돌아보며 나는 진정 민중들의 편에 섰던가, 나는 너무 큰 목소리로 노래하지 않았던가, 내가 그들보다 잘난 것이 뭐가 있던가 하는 자기 성찰을 시작합니다.

성찰의 시간 뒤에 1954년 시인은 거창한 민중, 역사가 아니라 아주 소박한 것들에 바치는 송가(ode)를 쓰게 됩니다. 송가는 전통적으로 숭고한 대상에 바쳐져 왔지만 여기서는 게으름, 양말, 토마토, 엉겅퀴 같은 사소한 것들이 대상입니다. 한마디로 일상성의 시로 규정할 수 있겠지요. 네루다는 시에서 엄숙함과 권위를 몰아내고 소박한 사물의 세계를 천착하는 시적 혁명을 이룩합니다. 이제 시인은 보이지 않는 사람, 투명 인간이 되고자 합니다. 다시 말해, 지금까지는 '나'를 앞세웠지만, 이제 시인은 뒤로 물러나 연대성과 유토피아적 전망을 담보하는 탈(脫)개성적 익명의 존재로 자리매김하려 하죠. 여기서 중요한 것은 '나'가 아니라 집단적 주체로서의 '우리'입니다. 시적 대상으로서의 사물이 주인공이 되는 거죠. 이는 네루다 문학에서 또 하나의 변곡점이 된 매우 획기적인 변화입니다.

「양파에게 바치는 송가」라는 시를 볼까요? 전통적으로 서구의 시에서 양파는 가난의 상징이었어요. 이런 보잘것없는 시적 대상을 얼마나 고귀한 예술로 승화시키는지 보시죠.

양파
반짝이는 목 긴 유리병,
한 꺼풀 한 꺼풀
너의 아름다움이 자랐다.
수정 비늘들이 너를 불렸고
어두운 땅의 비밀 속에서
이슬을 먹고 동그랗게 너의 배가 불렀다.

땅 아래서

기적이 있었고

너의 굼뜬 파란 싹이

돋아나고

남새밭에 창 같은 너의 이파리

태어났을 때,

대지는 너의 투명한 알몸 보여 주며

차곡차곡 힘을 쌓았다.

아득한 바다가 아프로디테의

가슴 곧추세우며

목련을 부풀렸듯이,

대지는

그렇게 너를 빚었다.

유성처럼 맑은

양파여,

영원한 성좌여,

동그란 물의 장미여,

넌 가난한 사람들의

식탁

위에서

반짝반짝

빛나리라.

관대하게도

넌 펄펄 끓는

냄비 안에서

네 싱싱한 구체를

벗긴다.

그리고 수정 같은 토막들은

불타는 식용유의 열기에

오그라져 황금의 깃털로 변한다.

나는 또 기억하리라, 너의 존재가

샐러드의 사랑을 얼마나 풍요롭게 하는지,

하늘은 너에게 섬세한 서리의 형태 부여하며

토마토 조각들 위에서

잘게 썬 너의 투명함을

찬양하는 데 기여하는 듯하다.

그러나 민중의 손이

닿는 곳에서,

식용유가 끼얹어지고,

약간의 소금이

뿌려진 채,

넌 고된 길을 가는 날품팔이의

허기를 달랜다.

가난한 사람들의 별이여,

고운 종이에

싸인

대모 요정이여,

넌 별의 씨앗처럼

영원하고, 옹골차고, 순결하게

바닥에서 모습을 드러낸다.

부엌에서 칼이

널 자를 때

고통 없는

마지막 눈물이 솟아난다.

넌 우리를 괴롭히지 않고도 우리를 울게 했다.

난 지금껏 존재하는 모든 것들을 찬양했다, 양파여.

그러나 내게는 네가

현혹적인 깃털을 가진

새보다 더 아름답다.

내 눈에 비친 넌

천상의 구체, 백금의 잔,

눈 덮인 아네모네의

정지된 춤 같다.

수정처럼 맑은 너의 본성에는

대지의 향기가 살고 있다.

고인 물이기를 거부했던 영원한 여행자인 네루다는 이처럼 송가 시리즈와 함께 또 한 번 결정적 변화를 모색합니다. 그러나 스페인 내전 이후 눈뜬 의식은 결코 잠들지 않았어요. 네루다가 양파나 옷, 양말 같은 일상적 사물에서 포착해 내고 있는 삶의 본질은 스페인 내전 이후 보여 준 시인의 예리한 현실 인식과 동일선상에 있다고 할 수 있습니다.

내면으로의 여행, 그리고 죽음
《에스트라바가리오》, 《이슬라네그라의 추억》, 《100편의 사랑 소네트》

이제 서서히 육체가 늙어 가면서 네루다는 그동안 걸어온 삶과 창작 여정을 정리하는 단계에 접어들게 됩니다. 자연스럽게 동양적 정신 세계를 보여 주는 시들도 적지 않게 등장하는데요. 《에스트라바가리오》(1958)에 실려 있는 「점」이라는 시에서는 하이쿠나 선시처럼 응축된 언어에 담긴 깊은 사유가 빛을 발합니다.

고통보다 넓은 공간은 없고
피 흘리는 그 고통에 견줄 만한 우주는 없다.

이듬해에는 《100편의 사랑 소네트》를 통해 다시 한 번 마틸데에 대한 사랑을 확인합니다. 그리고 《이슬라네그라의 추억》(1964)은 시로 쓴 회고록의 성격을 띠고 있습니다.

그러나 격동의 칠레 현대사 앞에서 조용히 삶을 마무리하겠다는 시인의 바람은 다시 한 번 좌절되고 맙니다. 1969년에는 칠레 공산당에 의해 대통령 예비 후보로 지명되기에 이릅니다. 정치적 동지인 살바도르 아옌데가 민중연합의 단일 후보에 지명되도록 입후보를 철회하고 선거전에 적극 참여한 네루다는 선거를 통한 최초의 사회주의 정부 출범에 큰 힘을 보태게 됩니다. 그리고 1971년, 마침내 노벨 문학상 수상의 영광을 안았습니다.

그러나 1973년 9월 11일 피노체트의 쿠데타로 아옌데 정권이 붕

괴되고 칠레 사회는 엄혹한 군사 독재의 어두운 터널로 빠져들게 됩니다. 그 터널의 초입에서 네루다는 절망과 분노 속에 죽음을 맞습니다. 쿠데타군이 가택 수색을 위해 이슬라네그라의 집에 들이닥쳤을 때, 네루다는 "당신들에게 위험한 것이라고는 이 방에 단 하나밖에 없소"라고 했답니다. 수색군 장교가 뭐냐고 물으니 "그건 바로 시라네" 하고 답했다는 얘기는 유명한 일화로 남아 있습니다. 이처럼 네루다는 시를 불의에 맞서는 가장 강력한 무기로 벼릴 줄 알았던 "잉크보다 피에 더 가까운" 시인이었습니다.

네루다 시의 미덕과 수용의 한계

네루다는 파란만장한 삶을 살았고 시 세계 역시 방대한 만큼 다양한 해석과 평가가 가능한 시인입니다. 그는 문학성과 대중성을 동시에 달성하였고 자연, 여인, 역사와 민중, 라틴아메리카, 일상, 우주로 끝없이 확장해 간 통 큰 사랑의 시를 썼습니다. 순수시와 참여시, 초현실주의와 리얼리즘, 시와 정치, 객관성과 주관성, 이성과 감성, 역사와 신화, 부드러움과 단호함, 나르시시즘과 열린 광장에 대한 욕망의 이분법을 경쾌하게 뛰어넘는 유기적 복합성이야말로 그의 시가 지닌 가장 큰 미덕이자 강점이라고 할 수 있습니다.

그러나 다양성을 본질로 하는 네루다의 시 세계는 이데올로기적 성향에 따라 일방적이고 왜곡된 방식으로 수용되기 일쑤였습니다. 우리의 경우도 예외가 아니어서, 1950년대의 이태준, 이기영 같은 좌파 작가에서 시작하여 1960년대의 김수영, 1970~1980년대의 김남주, 1980년대 이후의 정현종으로 이어져 온 네루다 수용의 역사가 이를 잘 보여 줍니다. 정치가 사회·문화적 욕구를 압도하는 상황에서 네루다 시의 일면만 강조돼 온 한계를 극복하고, 움직이는 여행자로서의 네루다의 진정한 면모가 오롯이 받아들여졌으면 하는 바람입니다.

북토크

다른 시인들과의 영향 관계

네루다와 다른 시인들과의 영향 관계에 대한 이야기를 조금 하겠습니다. 우리 시인들이 네루다로부터 대단한 영향을 받았다고 하는 건 과장이라고 생각합니다. 물론 네루다의 혁명 정신과 투쟁적 리얼리즘이 김남주의 문학관과 옥중 시 창작에 큰 영향을 끼쳤고, 네루다의 시에 나타난 우주와의 에로스적 합주를 "시의 천지창조"라고 격찬한 정현종의 시에서 칠레 시인의 흔적을 찾는 것은 크게 어렵지 않습니다. 가령, 김남주의 「그들의 시를 읽고」에는 네루다의 시구를 거의 그대로 옮겨 놓은 부분이 발견되며, 정현종이 쓴 일련의 '기리는 노래'는 네루다의 송가 시리즈와 매우 흡사합니다.

여담입니다만, 흥미롭게도 네루다가 표절 시비에 심하게 휘말린 적이 있어요. 네루다와 경쟁 관계에 있던 비센테 우이도브로라는 칠레 시인이 《스무 편의 사랑의 시와 한 편의 절망의 노래》 중 열여섯 번째 시가 타고르의 시를 거의 그대로 베낀 수준이라며 표절 의혹을 제기한 것입니다. 네루다는 그 사실을 순순히 인정했고 해당 시에 주를 달아 타고르 시를 패러프레이즈했음을 밝히게 되죠. 그런데도 우이도브로는 표절 사실을 죽을 때까지 물고 늘어져요. 두 시인은 라틴아메리카 문학에서 소문난 적대 관계였습니다.

믿을 만한 번역본

가능하다면 스페인어를 배워서 원서로 읽는 것이 이상적이겠죠. 시에 관한 한, 정말 번역은 반역입니다. 우선 정현종 시인의 번역 작업이 두드러집니다. 시선집 외에 《스무 편의 사랑의 시와 한 편의 절망의 노래》, 《100편의 사랑 소네트》, 《충만한 힘》, 《질문의 책》 등의 시집을 꾸준히 소개해 오고 있습니다. 이러한 공로를 인정받아

2004년 네루다 탄생 100주년 기념 메달을 수상하기도 했습니다. 시인의 뛰어난 감각으로 옮겼으니 물론 독자들에게 잘 읽히겠죠. 그러나 정현종의 번역은 중역에 기대고 있다는 게 문제입니다. 스페인어가 다른 언어로 옮겨지면 느낌이 전혀 다르기 때문에 당연히 중역보다는 스페인어에서 직접 옮기는 것이 바람직합니다. 부끄럽지만 네루다의 대표작이라 할 수 있는《모두의 노래》나《지상의 거처》도 아직 일부밖에 번역되지 않은 실정이니 전공자들이 정말 분발해야 할 것 같습니다.

Lesson 7

치유와 단독자의
하루키 놀이공원,
무라카미 하루키 문학

by 김응교 숙명여대 교수

무라카미 하루키(村上春樹, 1949~)

일본 교토에서 출생했다. 와세다대학교 문학부 연극과에서 공부했다. 1979년에《바람의 노래를 들어라》로 제22회 군조신인문학상을 수상하면서 문단에 데뷔했다. 1974년부터 1981년까지는 고쿠분지의 센다가야에서 재즈음악다방 피터 캣을 경영했다.

1982년 첫 장편 소설《양을 둘러싼 모험》을 발표했는데 이 작품으로 제4회 노마문예신인상을 수상했다. 1984년에《반딧불》,《헛간을 태우다》등 단편을 발표했고, 1985년에《세계의 끝과 하드보일드 원더랜드》로 다니자키 준이치로상을 수상했다. 1986년에는《빵집 재습격》, 1987년에는《노르웨이의 숲》을 발표해 62만 부의 판매고를 올리며 하루키 신드롬을 낳았다. 1988년《댄스 댄스 댄스》발표에 이어 1990년 그리스와 이탈리아에서의 외국 생활을 그린 여행 에세이《먼 북소리》를 발표했다. 1994년에 수필《슬픈 외국어》, 장편 소설《태엽 감는 새 연대기》발표에 이어 1995년에 인쇄 매체 광고를 위해 광고문으로 쓴《밤의 원숭이》, 1996년 수필《소용돌이 고양이의 발견법》, 1997년《렉싱턴의 유령》을 잇따라 발표하였다. 2006년에는《해변의 카프카》로 카프카상을 수상했다. 최근작으로는 2009~2010년에 발표한《1Q84》와 2013년에 발표한《색채가 없는 다자키 쓰쿠루와 그가 순례를 떠난 해》가 있다.

《노르웨이의 숲》(1987)

친구의 죽음을 겪은 후 대학에 진학하는 와타나베는 대학 분쟁에도 휩쓸리지 않고 공부를 하면서도 아르바이트를 하며 지낸다. 와타나베와 그를 둘러싼 다른 이미지의 세 명의 여인 나오코, 미도리, 레이코의 관계를 통해 그 시대를 살아가는 젊은 세대의 상실, 방황과 재생을 담담하게 그려냈다.

《1Q84》(2009~2010)

고속도로의 비상계단을 내려오면서 다른 세계로 접어든 여자 아오마메와 천부적인 문학성을 지닌 열일곱 소녀를 만나며 기묘한 사건에 휘말리는 작가 지망생 덴고가 서로를 찾아가는 과정을 그린 이야기이다.

《색채가 없는 다자키 쓰쿠르와 그가 순례를 떠난 해》(2013)

철도 회사에서 근무하는 서른여섯 살의 다자키 쓰쿠루가 도쿄에서부터 나고야, 핀란드까지 순례의 여정을 통해 격렬한 상처인 과거의 사건과 그 사건에 맞물린 타인들을 마주하며 눈이 깊어지는 과정을 세밀하게 그렸다.

하루키와 여행하기

1949년생인 하루키는 2014년 현재 66세죠. 와세다대학교 출신이에요. 하루키의 출세작인 《노르웨이의 숲》의 배경은 신주쿠 지역과 와세다대학교 이지요. 1998년부터 10년간 와세다대학교에서 근무했던 저는 2007년 11월 19일 와세다대학교에서 쓰보우치 쇼요 대상을 받는 무라카미 하루키를 보았습니다. 양복을 입은 그는 구두 대신 운동화를 신고 있었습니다. 그 운동화가 하루키 문학을 보여 주는 상징적인 기표 같습니다.

1989년에 《상실의 시대》로 제목이 바뀌어 번역된 《노르웨이의 숲》을 읽었습니다. 당시 20대였던 제가 체험하지 못했던 일본에서 펼쳐지는 하루키 문학의 환상은 권태로운 이야기로만 느껴졌습니다. 주인공들이 괴로워하는 모습을 이해하지 못했고, 그러한 문제를 다루는 하루키 문학을 가볍게 보기도 했습니다. 왜 하루키 문학을 무시하고 싫어했을까요.

이번에 나온 하루키 장편 소설 《색채가 없는 다자키 쓰쿠루와 그가 순례를 떠난 해》를 어떻게 읽으셨는지요? 하루키 문학에는 어떤 비슷한 논리가 흐르지 않는지요? 10권 읽으나, 20권 읽으나 비슷한 느낌이 들지는 않는지요? 여러분은 하루키 소설을 어떻게 읽으셨는지요? 하루키 소설은 마약인가요, 비타민인가요, 코카콜라인가요? 아마 읽는 사람마다 하루키 소설에 대한 평가는 다를 거예요.

우리나라 사람 중에 많은 독자는 하루키 소설을 잠깐의 시원한 콜라로 여기거나, 현실 도피 의식을 주입하는 마약으로 여기는 경우도 있을 거예요. 제가 만났던 몇몇 일본인은 하루키 소설을 비타민이라고 표현하는 이들도 있었어요. 일본에 살아 보니 일본 사람들이 하루키 소설을 왜 사랑하는지 짐작할 수 있겠더군요. 일본에서 하루키 문학을 대하는 일본 대학생들의 태도는 많이 달랐습니다. 적지 않은 학생들이 눈물을 흘리며 하루키 문학을 읽는 현상을 쉽게 이해할 수 없었습니다. 그러다가 《해변의 카프카》를 읽고 '아차, 속았다'는 생각이 들었어요. 역시 하루키는 일본의 죄를 모르고 있구나 하며 하루키 문학에 대한 거부감은 터질 듯 증폭되었습니다. 하루키 소설의 핵심에는 일본인을 위한 힐링이 있더라고요. 치유(治癒, いやし), 치유 말이에요. 일본인 입장에서 본다면 하루키 문학의 핵심은 '치유'입니다. 천천히 설명하겠지만 '치유의 문학'이라는 시각에서 보면, 하루키 문학은 가장 일본적입니다. 많은 연구자들이 하루키 소설은 무국적, 비(非)일본, 범(汎)아메리카라고 하지만 제가 보기엔 그러하면서도 동시에 '가장 일본적인 작가'예요. 더 정확히 말하면 현대

일본인의 심리를 잘 읽어 내는 작가라는 말이지요. 왜 그런지 몇 부분으로 나누어 이야기를 시작해 보겠습니다.

하루키의 여러 책 중에서 《노르웨이의 숲》, 《색채가 없는 다자키 쓰쿠르와 그가 순례를 떠난 해》, 《1Q84》를 중심으로 살펴보겠습니다. 먼저 《1Q84》에 대해서 말씀드리겠습니다. 종교적 전체주의에 관한 이야기인 《1Q84》를 썼을 때 하루키가 경험했던 것이 옴진리교예요. 하루키에게 영혼의 지진을 일으킨 두 가지 사건인 전공투 사건에 참여하지 못한 자괴감, 그리고 옴진리교를 통해 소설의 지형이 바뀝니다.

1969년 도쿄에서 전공투 사건이 터져요. 전공투는 전학공투회의(全学共闘会議, 젠가쿠쿄토카이기)의 줄임말로 1960년대 일본 학생 운동 시기에, 1968년에서 1969년에 걸쳐 각 대학교에 결성된 주요 각파의 전학련이나 학생이 공동 투쟁한 조직이나 운동체를 말해요. 일본 공산당을 보수 정당으로 규정하고 도쿄대학교를 중심으로 시작된 새로운 학생 운동이지요. 줄여서 '전공투(全共闘, 젠쿄토)'라고 하면, 1960년대 말 일련의 학생 운동을 통틀어 의미하기도 해요. 베트남 전쟁을 반대하며, 일본을 위한 민주주의를 시작하기 위해 천황제를 없애야 한다는 좌파 학생 운동이었지요. 그런데 천황제라는 초자아의 팔루스, 곧 정신적 아버지를 살해하는 데 실패하죠. 베트남뿐 아니라 나리타공항 건설 반대 등 온갖 운동을 하며 민주사회를 만들려 했던 시도들도 실패하죠.

실패가 굉장히 중요해요. 문학은 실패, 그 실패로 생긴 결핍과 결여, 그 텅 빈 공간에서 판타지와 이야기가 발생하지요. 그 결핍의 이야기를 쓴 게 《노르웨이의 숲》이에요. 주인공이 다니는 와세다대학교는 일본 최고의 학교예요. 그 학교가 최고로 열심히 진보 운동을 했던 학교죠. 그런데 와세다대학교 학생 하나가 실패의 좌절로 자동차에서 자살해요. 《노르웨이의 숲》이 표면적으로는 여학생과 자유롭게 성행위하며 지내는 이야기이지만 그 안에는 허무주의, 결핍주의, 자유에 대한 이야기가 깃들어 있어요. 《노르웨이의 숲》에서 주인공은 《위대한 개츠비》를 쓴 F. 스콧 피츠제럴드를 가장 좋아합니다.

- -

"《위대한 개츠비》는 그 후 계속 내 최고의 소설로 남았다. 불현듯 생각나면 나는 책꽂이에서 《위대한 개츠비》를 꺼내 아무렇게나 페이지를 펼쳐 그 부분을 집중해서 읽곤 했는데. 단 한 번도 나를 실망시키지 않았다. 한 페이지도 재미없는 페이지는 없었다. 어떻게 이리도 멋질 수가 있을까 감탄했다. 사람들에게 그게 얼마나 멋진 소설인지 알려 주고 싶었다.

[중략]

"《위대한 개츠비》를 세 번이나 읽을 정도면 나하고 친구가 될 수 있을 것 같은데." 그는 혼잣말처럼 중얼거렸다. 그리고 우리는 친구가 되었다.

《노르웨이의 숲》

- -

등장인물이 《위대한 개츠비》(1925)를 좋아한다는 말은 무라카미 하루키 자신의 고백이기도 합니다. 하루키는 F. 스콧 피츠제럴드를 가리켜 "한동안 그만이 나의 스승이요, 대학이요, 문학하는 동료였다"고 말하기도 했습니다. 감수성이 예민한 고교 시절부터 피츠제럴드의 소설이라면 닥치는 대로 열심히 읽었다고 하지요. 또한 하루키의 소설에서 피츠제럴드의 영향을 쉽게 발견할 수 있습니다.

그런데 《위대한 개츠비》의 주인공이 겪은 성공과 좌절은 당시 일본 사회의 갑작스런 성공과 그 이면의 좌절을 연상케 합니다. 밀주 사업을 통해 마피아와 친분을 맺고 부자가 된 개츠비의 모습은 폭력적인 방식으로 서부로 영토를 확장했으며 제1차 세계 대전 이후 강대국의 지위에 오른 미국을 상상케 합니다. 졸부가 된 개츠비가 몰락하는 과정은 미국 역사의 압축판으로 볼 수 있습니다. 피츠제럴드의 예언처럼 제1차 세계 대전 직후 엄청난 거품이 끼었던 미국 경제는 '위대한 개츠비'가 무너지듯 경제 공황으로 붕괴됩니다.

《위대한 개츠비》에서 졸부가 된 주인공이 죽음에 이르는 과정은 무라카미 하루키가 겪은 일본 사회와 비슷하게 보이지 않았을까요? 갑작스럽게 부자가 된 일본 사회에는 부패가 만연했고, 전공투는 실패합니다.

1980년대에 번역되어 나왔을 때의 우리나라 상황과 비슷했죠. 왜 우리나라에서 《노르웨이의 숲》은 베스트셀러가 되었을까요? 《위대한 개츠비》가 겪었던 실패, 《노르웨이의 숲》의 주인공들이 겪었던 좌절을 1980년대 말 우리나라의 젊은이도 겪은 것이 아닐까요? 전공투 후 좌절했던 일본 젊은이들과 1987년 민주화 투쟁을 하고난 뒤 좌절했던 우리나라 젊은이들의 결핍이 닮았기 때문이 아닐까요?

신자본주의 도서 문화 속에서 태어난 하루키 문학의 변화 과정은 우리에게도 맞을 수밖에 없었어요. 하루키 이전에 우리나라 사람들은 《빙점》을 썼었던 미우라 아야코(三浦綾子, 1922~1999년) 외에는 일본 문학을 거부해 왔었어요. 하루키 문학이 일본 문학에 대한 우리나라 독자들의 강고한 벽을 부수고 들어온 거죠. 이야기가 담고 있는 담론이 시대와 딱 맞았기 때문입니다. 우리가 민주화 실패의 환멸 속에서 발견한 게 하루키였던 것입니다. 누구에게는 콜라나 비타민이었을지 모르나, 어떤 이에게는 위로제 정도는 되었다는 이야기죠.

하루키 시뮬라르크

여기는 구경거리의 세계

처음부터 끝까지 모두 다 꾸며 낸 것

하지만 네가 나를 믿어 준다면

모두 다 진짜가 될 거야

It's a Bamum and Baily world

Just as phony as it can be

But it wouldn't be make-believe

If you believed in me.

- E. Y. Harburg & Harold Arlen, It's Only a Paper Moon.

노래 가사를 닮은 이 인용문은 하루키 장편소설 《1Q84》에 서언으로 나오는 메모입니다. "여기는 구경거리의 세계 / 처음부터 끝까지 모두 다 꾸며 낸 것"이라고 합니다. 하루키 자신의 고백이지요. 하루키 문학의 핵심은 허구를 만드는 거예요. 그런데 다음 말이 중요해요. "하지만 네가 나를 믿어 준다면 / 모두 다 진짜가 될 거야"라는, 거짓말을 진실로 믿어 줄 거라는 확신 말이에요. 거짓말을 통

해 진실을 말하는 것이 작가지요. 거짓말을 할 줄 아는 건 작가적 재능입니다. 시뮬라크르란 영어로 '시뮬레이션', 즉 '허상'입니다. 예를 들어, 장례식이라고 하면 1970년대만 해도 병풍 뒤에 관을 두고 시체 냄새를 맡았었지요. 그것은 허구가 아닌 진실이었어요. 그런데 지금은 시신이 냉동실에 가 있고, 초상화라는 시뮬라크르 앞에서 사람들이 웁니다. 초상화는 헛것일 뿐인데요. 이미지 앞에서 우는 것이죠. 이게 시뮬라크르예요. 우리 세계에는 허상이 많아요. 대체로 가공은 거짓입니다. 그런데 가공에서 진실을 말할 수도 있다는 걸 보여 주는 작가가 하루키예요. 거짓말을 잘 만들죠. 뛰어난 거짓말이에요. 그래서 저는 하루키가 만들어 낸 판타지라는 의미에서 '하루키 시뮬라크르'라는 제목을 붙여 보았습니다.

이 대목에서는 '하루키 문학이 과연 의미가 있는가?'에 대한 이야기를 해 보려 합니다. 포스트 모더니즘의 핵심은 생각을 없애 주는 거예요. 재미있게 보지만 보고 나면 기억이 안 나죠. 그런 평가가 대부분인 하루키 문학을 우리는 어떻게 받아들여야 할까요? 하루키 문학의 특징을 몇 가지 짚어 보겠습니다.

완전한 가공, 라이팅 전체주의

라이팅 전체주의라고 하는 것은 작가가 등장인물을 완전히 사로

잡는 형태예요. 소설을 쓰다 보면 절제가 잘 안 되는데, 하루키는 자기가 자기 몸을 관리하듯 인물을 철저히 관리합니다.

《색채가 없는 다자키 쓰쿠루와 그가 순례를 떠난 해》는 그의 초기작 《노르웨이의 숲》의 연작이며 완결작처럼 느껴지기도 해요. 다자키 쓰쿠루는 뛰어난 두뇌로 성적 톱을 놓치지 않는 아카(赤), 럭비부 주장인 아오(靑), 음악적 감수성이 빛나는 미소녀 시로(白), 유머 감각이 돋보이는 구로(黑)까지 색채가 풍부한 완벽한 공동체에 속해 있었어요. 이미 등장인물을 구상하는 데에서 하루키다운 창발성이 돋보입니다. 친구들 중 혼자 이름에 색깔이 없는 '쓰쿠루(作, 만들다)'가 대학교 2학년 때 네 명의 친구에게 절연을 당하고, 그 이후의 시점에서 이야기가 시작되죠.

하루키 문학에는 뚜렷한 주제 의식이 없다기보다는 주제 의식이라고 연상되는 '어떤 것'을 연신 빙빙 둘러 돌아가는 구조예요. 쉽게 이 소설은 이거다 하고 결론짓지 않죠. 《색채가 없는 다자키 쓰쿠루와 그가 순례를 떠난 해》를 읽은 독자들의 느낌은 모두 다를 거예요. 잃은 친구들에 대한 아련한 기억, 사라지는 것들에 대한 애착 등등 읽는 사람마다 느낌이 다를 겁니다. 이런 다양한 느낌이 하루키가 바라는 바이기도 하겠죠.

이 소설에서 쓰쿠루라는 인물이 술 마시는 장면이 여러 번 나와요. 주량이라든지, 습관이라든지 그런 걸 매우 주도면밀하게 맞춰 놓은 걸 알 수 있어요. 장편 소설은 마라톤이어서 문체가 흔들리면 안 돼요. 처음부터 끝까지 정교해야 하는데 그게 철저해요. 독자들은 한 번이라도 실패하면 매몰차게 떠나는데 그런 점에 있어서 신뢰를 주죠. 저는 흠을 잡으려 애를 썼는데, 쓰쿠루 주량을 찾아보니다 맞더라고요. 계산했구나 하고 생각했죠. 여자의 외모 묘사나 말투도 틀리기 쉬운 부분인데 하루키는 틀리지 않아요. 정확하게 한 권 전체를 맞춰 놓는 게 쉽지 않은데, 이런 걸 철저하게 하는 사람이에요. 절대 빈틈이 없죠.

엄마 이미지

어머니와 한 몸을 이룬 묘사가 많아요. 어머니와 섹스를 하는 몽상도 소설 《해변의 카프카》에서 등장하지요. 이런 것들은 도덕적 체계를 전복시키는 특이한 설정이지요. 하루키 소설을 읽다 보면 작가가 무엇을 공부했는지 느껴져요. 프로이트를 엄청 공부했어요. 라캉의 흔적도 많아요. 어머니가 등장하는데 프로이트 미학에서 리비도, 성적 욕망에 대한 이야기를 하죠.

유아 성욕이라고 번역되는데 우리가 말하는 섹스와 달라요. 욕망이에요. 유아가 가진 충동이죠. 걸어가다가 "꽃이 예쁘다"라고 하면 리비도예요. 또 하나는 타나토스예요. 죽음에 대한 욕망이죠. 정말 죽는 것이 아니라 물속에 있듯, 엄마의 자궁 안에 죽은 듯 있었을 때가 가장 편했던 때죠. 인간이 가장 편했을 때는 엄마 배 속에 있을 때예요. 그게 타나토스죠. 어두운 곳에 앉는 것, 강요받지 않는 게 좋은 사람들은 타나토스가 강한 사람들이에요. 인간은 그쪽으로 가고 싶어 하죠. 다시는 돌아갈 수 없는 영원한 평안을 그릴 때, 그때 환상이 발생해요. 나이가 들수록 어머니를 그리워하게 되죠. 하루키가 환상을 만드는 기본은 엄마의 자궁이에요. 엄마 배 속으로 들어가는 것을 모성 회귀 본능(母性回歸本能)이라고 하죠. 엄마와 자신은 붙어 있기 때문에 엄마를 빠는 건, 곧 나를 빠는 것이에요. 엄마를 찾는 애들은 결핍이 있는 아이들이죠. 엄마를 잃은 결핍이 영원히 지속되는 사람이 《1Q84》의 덴고예요. 덴고는 엄마를 대신하는 여인들을 만나요. 여자 친구인 연상의 유부녀를 생각하며 자위하고, 다른 여자와 섹스를 할 때는 엄마의 란제리를 생각하죠. 소설에 엄마 배 속으로 들어가는 과정을 만들어 주는 것이죠. 하루키 문학에서는 엄마의 이미지가 환상성을 부각시키는 기능을 합니다.

혼잣말, 무의식의 세계를 쓴다

《노르웨이의 숲》은 대사가 길어요. 그리고 사람들이 정상이 아니죠. 하루키는 무의식이나 꿈 환상의 이야기를 쓰는 작가예요. 도스토옙스키의 영향을 많이 받는데요. 필터를 거치지 않는 인간의 무의식, 그것이 진실이라고 생각하고 쓴 작가예요. 니체나 프로이트도 그렇고 무의식을 쓰는 것이 근대의 출발이죠. 카프카도 그렇고요. 예전에도 그렇지만 이번 소설에서도 하루키가 정신분석학을 많이 공부하거나 생각했다는 흔적들이 많이 나타나요. 2013년에 발표된 소설《색채가 없는 다자키 쓰쿠루와 그가 순례를 떠난 해》의 몇 부분을 보세요.

쓰쿠루는 죽음의 입구에서 살았다. 바닥없는 시커먼 구멍의 테두리에 아주 작은 공간을 마련하고 거기서 혼자 살았다. (52면)

꿈속의 행위에 지나지 않는다 하더라도 자신에게도 어떤 책임이 있지 않을까 하는 느낌에서 벗어날 수 없었다. (374면)

그녀의 몸에 손을 댈 수 있는 꿈이라면 더 말할 나위 없다. 어차피 꿈이니까. (435면)

이런 표현을 보면 프로이트의 모성 회귀 본능을 떠오르게 해요. 섹스를 하면서도 그 섹스가 꿈인지 실제인지 쓰쿠루는 구별하지 못

해요. 무의식의 세계가 현실과 구별이 없다는 구상은 그의 전 소설에서 자주 나오는 테마이기도 하죠.

하루키 문학의 장치들

하루키의 소설이 늘 그렇듯이 몇 가지 공통적인 장치가 나와요. 마치 놀이공원에 가면 롤러코스터가 있듯이, 그의 '소설 공원'에는 소설적 기교라는 익숙한 장치들이 등장하지요.

첫째 마치 트위터 문장을 닮은 짧은 호흡의 문장이 속도 있게 읽혀요. '~같이', '~처럼'(みたい, ように)을 많이 쓰는 쉬운 20대 젊은 이가 쓴 거 같은 레토릭이 친근하게 자주 나와요. 원서를 확인해 봐야 하겠지만 양억관 선생의 번역을 신뢰하는 바,《색채가 없는 다자키 쓰쿠루와 그가 순례를 떠난 해》에서 가끔 나오는 고딕체로 강조한 단어들은 소설을 읽다가 멈칫 묵상하게 만들어요.

둘째, 군데군데 등장하는 경구성 문장, 가령 "사고란 수염 같은 것이다. 성장하기 전에는 나오지 않는다"(60면) 같은 문장을 읽을 때면 책을 읽으며 순례하는 느낌의 만족감을 주지요.

셋째, 일상적으로 볼 수 있는 상품명이나 자동차 이름을 그대로 써요. 특히 세계적으로 퍼져 있는 스타벅스 같은, 아메리카가 만든 이름이 반드시 나오지요. 일상생활을 특정 단어로 텍스트 안으로 끌어들이는 겁니다.

넷째, 지루할 것 같을 때 반드시 등장하는, 느낄 수 있는 자극을 주면서도 절제되어 있는 성(性) 묘사는 대단히 일상적으로 등장해요.

다섯째, 엎치락뒤치락하는 미스터리와 닮은 재미가 어우러져, 한 번 잡으면 끝까지 읽게 만들어요. 도스토옙스키가 자주 썼던 추리 기법이 하루키 문학에서는 주요 기법 중의 하나지요.

여섯째, 빈틈없고 세밀한 인물 묘사가 신뢰성을 줘요. 가령 쓰쿠루의 주량이 당시 상황에 따라 미묘하게 달라져요. 쓰쿠루의 주량은 "위스키를 마치 약처럼 조그만 잔에 따라 한 잔만 마셨다. 고맙게도 술이 세지 않은 체질이라 소량의 위스키가 아주 간단히 그를 잠의 세계로 이끌어 주었다"(10면)로 쓰여 있는데, 다음에는 "쓰쿠루는 평소처럼 와인을 한 잔만 마시고 그녀가 남은 카라페를 다 마셨다. 알코올에 강한 체질인 듯 아무리 마셔도 얼굴색 하나 바뀌지 않았다"(123~124면)라고 쓰여 있습니다. 이 문장은 그녀가 알코올에 강한 체질이라는 말로 읽고 싶지요. 그러다가 대학교 2학년 여름부터 겨울에 걸쳐 죽음만을 생각하던 나날들 중에서는 "매일 밤 이렇게 작은 잔에 위스키를 한 잔 따라 마셨다"(432면)고 쓰여 있어요. 등장인물의 심리 변화를 미묘한 주량의 변화로 표시하고 있는 겁니다. 흔히 장편 소설을 검토할 때 시간이 맞는지 검토하는 경우가 있습니다. 인물 형상화가 흔들릴 때 작품에 대한 신뢰성이 떨어지는데, 하루키의 철저한 인물 세부 묘사는 독자가 등장인물을 실제 만나는 것 같은 환상을 주는 기능을 하지요.

하루키 문학의 음악들

일곱째, 그의 소설에는 반드시 음악, 유튜브에 검색하면 반드시 나올 음악이 등장해요. 그러니까 자기 소설을 음악과 함께 듣고, 소설을 읽고 난 뒤에도 그 음악을 들을 때 소설을 회감(回感)시켜요. 읽고 난 다음의 상상력까지 지배하려는 지독한 작가죠. 하루키의 작품에서는 《노르웨이의 숲》에서부터 음악이 나옵니다. 음악을 들으며 책을 읽게 만들죠. 《노르웨이의 숲》은 첫 장면부터 음악이 나와요. 음악을 듣지 않으면 느끼지 못하게 만들죠. 하루키 소설에 나오는 음악들은 유튜브에 거의 다 있는 유명한 음악들이에요. 음악을 들으며 소설을 읽도록 만드는 작가가 하루키예요.

- -

서른일곱 살, 그때 나는 보잉 747기 좌석에 앉아 있었다. 거대한 기체가 두꺼운 비구름을 뚫고 함부르크공항에 내리려는 참이었다. 11월의 차가운 비가 대지를 어둡게 적시고, 비옷을 입은 정비사들, 밋

밋한 공항 건물 위에 걸린 깃발, BMW 광고판, 그 모든 것이 폴랑드 르파의 음울한 그림 배경처럼 보였다. 이런, 또 독일이군.

비행기가 멈춰 서자 금연 사인이 꺼지고 천장 스피커에서 나지막이 음악이 흐르기 시작했다. 어느 오케스트라가 감미롭게 연주하는 비틀스의 〈노르웨이의 숲(Norwegian Wood)〉이었다. 그리고 그 멜로디는 늘 그랬듯 나를 혼란에 빠뜨렸다. 아니, 그 어느 때보다 격렬하게 마구 뒤흔들어 놓았다. (9면, 밑줄은 인용자)

- -

이 인용문은 장편 소설 《노르웨이의 숲》의 가장 첫 문단에 나오는 구절이에요. 가장 도시적인 배경이 그려지고 그 다음에 곧바로 비틀스의 노래가 곁들여지지요. 독자는 이국적 사물을 통해 서구적 판타지 도시로 입성(入城)하면서 그에 걸맞은 음악을 들으며 3D 영화를 보는 입체적인 환상에 첫 장면부터 빠져드는 겁니다. 신분석학을 많이 공부하거나 생각했다는 흔적들이 많이 나타나요. 《1Q84》의 첫 문장에서도 음악이 나오죠.

- -

택시 라디오에서는 FM방송의 클래식 음악이 흘러나오고 있었다. 곡은 야나체크의 〈신포니에타〉. 정체에 말려든 택시 안에서 듣기에 어울리는 음악이랄 수는 없었다.

하루키 소설은 늘 음악을 들으며 읽도록 강요합니다.《색채가 없
는 다자키 쓰쿠루와 그가 순례를 떠난 해》의 주제곡 〈르 말 페이〉
(La mal du pays)는 리스트의 피아노 모음집 '순례의 해'에 담긴 곡
이에요. '풍경이 안겨 주는 영문 모를 슬픔'이라는 뜻이라는데, 소설
하고 그럴듯하게 어울리지요. 그야말로 롯데월드처럼 한 번 들어가
면 정신을 빼앗기는 '하루키 시뮬라르크'입니다.

가장 일본적인 문학

그렇다면 하루키 문학이 왜 일본인들에게 힐링이 되는지 살펴보
겠습니다. 우리는 재미있게 읽지만, 일본인들은 하루키 문학을 심
각하게 읽을 수밖에 없어요. 요시모토 바나나가 소설을 쓰는 이유
는 자살자를 막기 위함이라고 해요. 재미있게 써서 소설을 읽는 동
안이라도 자살하지 않도록 하고 싶다고 바나나 씨는 말했어요. 그
정도로 일본에는 좌절하고 자살하는 사람이 많아요. 일본의 종교
전체주의를 보며 하루키 역시 아픈 마음으로 피해자를 생각하면서

글을 쓴 거죠. 아오마메 같은 사람을 쓴 거예요.

《1Q84》를 보면 달이 두 개 나오는데요. 해가 아닌 달은 정통이 아니라 이단이에요. 그리고 어떤 우상을 상징하죠. 우상이 두 개가 있는 거고요. 그 속에서 옴진리교뿐만 아니라 다른 괴상한 종교들의 피해자 입장을 떠올려 볼 수 있겠어요. 피해자 입장에서는 가해자를 다시 만날까 두려우니 자살의 충동을 느껴 결국 자살하는 거예요. 평생 달이 두 개로 보이는 거예요. 이게 진짜인가, 저게 진짜인가 하는 거죠. 잘못된 이단의 교주이니 두 개로 보이기도 하겠죠. 무엇이 진리인지 모르는 헷갈리는 상황이 지속되고 너무 힘들어서 사람들은 자살을 하게 되는 거예요. 실체가 없고, 실체를 모르겠는 것들에게 늘 지배를 받는 사람들의 모습을 상징적으로 표현한 거죠.

치유와 단독자, 힐링의 문학

하루키는 옴진리교 등의 종교 전체주의를 느낀 작가죠. 하루키는 그것을 '우리 안에 숨은 신(Hidden God)'으로 보여 줍니다. 그런데 독자들은 그것을 크게 문제 삼지 않는 것 같아요. 민주주의인 척하는 파시즘이 가장 무서운데, 하루키 문학에서는 그 경고가 그로테스크하게 느껴지지 공포로 느껴지지는 않아요. 그게 문제겠죠. 당연히 독자들은 종교 전체주의에 대해 두려워하기보다는 소설적 미학으로만 받아들이는 경우가 많은 것 같아요.

하루키 소설은 어떻게 보면 전 세계적 루저(loser)를 겨냥하는 책이죠. 그의 문학은 마취제, 콜라, 마약의 역할을 하는 겁니다. 하지만 이 사람들의 입장에서는 이만한 비타민이 없어요. 꿈이 없고, 정치적 비관주의, 이상적 허무주의에 빠져 있는 사람들에게 갈 길은 자살뿐입니다. 이 책은 이런 사람들에게 위로가 됩니다. 실제로 일본에서 하루키는 구세주예요. 핵심은 힐링, 치유입니다.

《해변의 카프카》에서는 15세 아이가 무슨 상처인지 모르나 상상 속에서 아버지를 죽이고 엄마와 누나를 강간하고 교토로 가죠. 그런데 실제인지 의식하지 못해요. 2권 뒷부분에 일본인들이 군인 위안부를 강간하는 장면이 나와요. 이러한 장면은 수치스러운 역사를 숨기고 싶어 하는 일본인들의 상처를 드러내는 부분이에요. 일본인들 중에 과거 일본이 아시아 시민들에게 폭력을 행했던 수치스런 역사를 아는 이들은 괴로워합니다. 그 수치를 아는 사람들은 그것 때문에 벗어나려고 이상한 행태를 보이기도 해요. 《해변의 카프카》는 역사적인 죄의식에 갇혀 있는 일본인의 역사적 괴로움을 치유해 주기 위해 쓴 거예요. 《1Q84》는 일본인을 지배하는 숨은 신(=우상)의 지배를 받는 사람들의 이야기입니다. 누구나 모든 사람이 자기 단독자로 살지 못하고 모르모트로 사는 거예요. 그래서 이 사람이 바라는 건 어떻게 하면 죽지 않고, 전체주의에 들어가지 않고, 흔들리지 않고, 단독자가 되느냐 하는 겁니다.

가해자도, 피해자도 명확하지 않은 복잡하고 불완전한 인간 세상에 대한 묘사는 도스토옙스키를 연상케 해요. '하루키 소설에 나타난 도스토옙스키'라는 주제는 큰 연구 테마일 것입니다. 또한 색채가 없거나 회색 인간을 설명할 때는 니체의 《도덕의 계보학》 한 부분을 읽는 듯해요. 상처를 확인하고 넘어서는 과정은 독자들의 마음을 울리죠. 《색채가 없는 다자키 쓰쿠루와 그가 순례를 떠난 해》에 나오는 이 문장을 읽어 보세요.

- -

가 버린 시간이 날카롭고 긴 꼬챙이가 되어 그의 심장을 꿰뚫었다. 소리 없는 은색 고통이 다가와 등골을 차갑고 딱딱한 얼음 기둥으로 바꾸어 놓았다. 그 아픔은 언제까지고 같은 강도로 거기 머물렀다. 그는 숨을 멈추고 눈을 꼭 감은 채 가만히 아픔을 견뎌 냈다. 알프레드 브렌델은 단정한 연주를 이어 갔다. 소곡집은 제1년 스위스에서 제2년 이탈리아로 옮겨 갔다. 그때 그는 비로소 모든 것을 받아들일 수 있었다. 영혼의 맨 밑바닥에서 다자키 쓰쿠루는 이해했다. 사람의 마음과 사람의 마음은 조화만으로 이루어진 것이 아니다. 오히려 상처와 상처로 깊이 연결된 것이다. 아픔과 아픔으로 나약함과 나약함으로 이어진다. 비통한 절규를 내포하지 않은 고요는 없으며 땅 위에 피 흘리지 않는 용서는 없고, 가슴 아픈 상실을 통과하지 않는 수용은 없다. 그것이 진정한 조화의 근저에 있는 것이다. (363~364면)

이 부분을 감상적이고 상투적이라고 비판하는 사람이 있을지 모르나, 바로 이러한 센티멘탈리즘적인 도시적 감상주의야말로 스스로 어느 정도 엘리트라고 생각하며 이 시대를 살아가는 중산층들의 결핍에 정확히 어울리는 표현이 아닐까요?

하루키 소설에 뚜렷하게 돋아 보이는 주제 중 하나는 단독자 (singularity)에 대한 깊은 성찰이죠. 외롭고 고독하게 혼자 살아간다는 것의 의미에 대해 하루키는 깊이 접근합니다.

다자키 쓰쿠루가 그렇게나 강렬하게 죽음에 이끌렸던 계기가 무엇이었는지는 명백하다. 어느 날 그는 오랫동안 친하게 지냈던 네 명의 친구들에게서 '우리는 앞으로 널 만나고 싶지 않아, 말도 하기 싫어'라는 절교 선언을 받았다. 단호하게, 타협의 여지도 없이 갑작스럽게. (10면)

다자키 쓰쿠루에게는 가야 할 장소가 없다. 그것은 그의 인생에서

하나의 테제 같은 것이었다. (419면)

고등학교 시절, 다섯 명은 빈틈 하나 없이 거의 완벽한 조화를 이루었다. 그들은 서로를 있는 그대로 받아들이고 이해했다. 구성원 모두가 거기에서 깊은 행복을 맛보았다. 그러나 그런 최고의 행복이 영원히 계속될 수는 없다. 낙원은 언젠가는 사라지는 것이다. (428면)

우리는 그때 뭔가를 강하게 믿었고, 뭔가를 강하게 믿을 수 있는 자기 자신을 가졌어. 그런 마음이 그냥 어딘가로 허망하게 사라져 버리지는 않아. (437면)

- -

혼자 살아가는 삶에 대해 이 소설《색채가 없는 다자키 쓰쿠루와 그가 순례를 떠난 해》는 끈질기게 묘사해요. 하루키 소설의 거의 모든 주제라 할 수 있겠죠. 상처 없는 사람이 어디 있겠어요. 단독자라는 개념은 근대 이후 최고의 관심 영역이고 세계인 누구나 공감할 수 있는 주제죠. 그래서 하루키 소설의 전체적인 주제는 곧 치유와 단독자이죠. 이게 오늘의 결론이기도 합니다. 치유를 통해서 단독자가 되는 것이 전체 소설의 주제예요.

시뮬라르크 안에서 죄를 치료하고, 아버지를 죽이고 어머니를 강간하는 등의 행위를 통해 죄를 저지른 사람을 죽여 버리는 거예요.

비극 중의 비극이죠.《노르웨이의 숲》의 주제는 '난 어떻게든 살아가야지'예요.《색채가 없는 다자키 쓰쿠루와 그가 순례를 떠난 해》는 네 명의 친구가 다 자기를 외면했는데 알고 보니까 여자 친구 하나가 이상한 소문을 내고 다닌 거죠. 쓰쿠루가 자신을 강간했다면서요. 쓰쿠루는 상처가 너무 심해서 순례를 하게 됩니다. 단독자로서 이 세상을 살아가야 한다는 설교가 배어 있지요.

하루키의 모든 소설이 겨냥하는 것은 치유입니다. 일본 사람들에겐 잠깐의 힐링이 될지도 모르지만 그 거짓성은 플라톤이 이미 경고하지요. 동굴이 어둡다는 걸 이야기해 주고 나가야 한다고 말해줘야 해요. 쉽게 희망을 갖고 긍정하라고 이야기하면 안 되죠. 그런 점에서 하루키는 일본인에게는 거짓된 힐링으로 느껴지지 않겠죠. 진정한 힐링으로 감동으로 다가오겠죠. 그의 소설은 일본인들의 아픔에 깊게 가 닿았죠. 우리는 그러한 치유에 당연히 공감할 수 없는 것이고요. 역사를 보는 시각이 달라 일본인들에게는 치료가 되고 눈물이 나는 거죠.

하루키 소설은 '소설 놀이공원'입니다. 롯데월드에 역사성이 없다고 지적하는 것은 애당초 코드가 다른 말인 것 같아요. 다만《해변의 카프카》처럼 반(反)역사로 가지 않기만을 바랄 뿐입니다. 하루키는 더도 덜도 말고 잘 짜인 하루키 놀이공원, 환상의 '하루키 시뮬라크르'입니다.

Lesson 8

모옌과
중국 당대 문학

by 김태성 중국학연구공동체 한성문화연구소 대표

모옌(莫言, 1955~)

본명은 관머우예(管謨業)로 1955년 2월 17일 중국 산둥성에서 출생했
다. 1986년 해방군예술학원 문학과를 졸업했으며, 베이징사범대학과 루
쉰문학창작원에서 문학 석사 학위를 받았다. 1981년 단편 소설《봄밤
에 내리는 소나기》로 데뷔했다. 1987년 중국 민초들의 항일 투쟁 이야기
를 담은 대표작《홍까오량 가족》을 발표하였다. 이 작품은 1988년에 장
이머우 감독의 영화 〈붉은 수수밭〉으로 제작되어 베를린영화제 황금곰
상을 수상하며, 전 세계 20여 개국의 언어로 번역되는 등 인기를 누렸다.
이후 1993년에 출간된《술의 나라》로 프랑스 루얼 파타이아 문학상, 이
탈리아 노니로 문학상, 프랑스 예술문화훈장상, 홍콩 아시아 문학상, 일
본 후쿠오카 아시아 문화대상을 수상했다. 어머니를 상징하는 작품인
《풍유비둔》을 통해, 중국 근현대사의 아픔을 서술하였다. 이 작품은 정
치적 문제와 성적 묘사로 인하여 일시적으로 발행 금지 처분을 받기도
하였으나, 1997년 대가 문학상을 수상하였다. 2011년 8월에는 작품《개
구리》로 마오둔 문학상을 수상하였다. 2012년에 노벨 문학상을 수상하
였다. 이 밖에《달빛을 베다》,《열세 걸음》,《티엔탕 마을 마늘종 노래》,
《인생은 고달파》,《풀 먹는 가족》등이 있다.

중국과 중국 당대 문학을 향한 다양한 시각을 조율하여 이해하기

오늘날 중국과 중국 당대 문학을 바라보는 세 가지 시각과 시각 간 조율의 필요성

오늘날 중국을 이해하는 채널은 크게 세 가지로 나눌 수 있습니다. 첫째, 대학의 학자들이 인식하는 학술의 대상으로서의 중국, 둘째, 각종 매체들이 소개하는 다소 선정적이고 과장된 중국, 셋째, 실제로 만나 본 후에 이해하게 되는 체험으로서의 중국이죠. 중국에 대한 올바른 인식이 자리 잡기 위해서는 이 세 가지 채널을 통한 중국 인식이 유기적으로 결합되어 왜곡되고 편향된 것들은 사라지고 정확하고 체계적인 것들만 축적되어야 합니다. 그러나 한중 수교 이후 30여 년의 세월이 흐르는 동안 중국과의 소통이 많아지고 정보와 지식이 쌓이긴 했지만 잘못되거나 편중된 것들 역시 너무 많아졌습니다. 그래서 이제는 이것들을 한 번 조율해 볼 때가 되지 않았나 하는 생각이 듭니다. 그래서 강의의 주제 역시 중국 당대 문학에 대한 이해의 조율이라고 정해 보았습니다.

'당대'의 시기 규정과 당대 문학을 논의의 기점으로 설정한 이유

우리나라에서는 '근대'와 '현대'라는 용어가 혼용되고 있습니다. 그래서 외래어 차용 과정에서도 많이 헷갈리는데요. 중국의 '후(後)현대'를 우리는 영어로 '포스트모던'이라 하고, 비이성적이고 비합리적인 언행에 대해 '전(前)근대적'이라는 표현을 쓰기도 합니다. 반면 중국은 '근대'라는 말을 '현대'와 혼용하지 않습니다. '현대'와 '당대'라는 말을 쓰지요. 중국에서는 역사학회에서 말하는 시기 구분과 문학사에서의 시기 구분이 일치하는데, 우리나라는 영역별로 용어가 혼용되고 있어 적지 않은 혼란이 생기기도 합니다.

중국에서는 신해혁명(1911)을 기점으로 중화인민공화국 수립(1949)까지를 현대로 규정합니다. 그리고 그 이후를 전부 '당대'라고 하는데 그 가운데서도 개혁 개방(1978) 이후를 '신시기'라고 표현합니다. 따라서 중국 당대 문학은 1949년 이후의 문학을 말한다고 할 수 있지요.

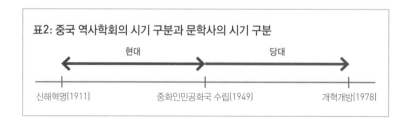

표2: 중국 역사학회의 시기 구분과 문학사의 시기 구분

중국은 시국(詩國)이라고 불릴 정도로 문학적 전통이 대단한 나라이지만 저는 당대 문학의 연륜을 30년으로 설정하고 싶습니다. 20세기 초부터 '신문화운동'을 통해 서구 문학의 미학과 서사를 바탕으로 한 현대 문학이 발전해 왔지만 당대로 접어들기 전인 1942년에 중국 문학은 이미 이데올로기의 시녀로 전락하기 시작합니다. 마오쩌둥이 국민당의 포위를 피해서 전국을 우회하여 천신만고의 대장정(大長程) 끝에 산시(陝西)성 옌안(延安)에 근거지를 확보하게 됩니다. 그리고 국민당의 실정에 큰 염증을 느낀 많은 작가와 예술가, 지식인들이 그 근거지로 몰려와 생활하면서 앞으로 창작 활동을 어떻게 진행할 것인가 하는 문제에 관해 논의합니다. 어떻게든 힘을 모아야 하는 다급한 상황에서 마오쩌둥이 제안한 것이 이른바 '옌안 문예 강화'라 불리는 예술 활동 전반에 관한 지침이었습니다.

　이 지침의 가장 큰 원칙은 '문학을 비롯한 모든 예술이 노동자·농민·병사에게 복무하는 입장을 견지해야 한다'는 것이었습니다. 이는 문학의 독립적인 가치를 부정하고 단순히 이데올로기의 도구로 규정해 버림으로써 문학을 정치의 도구로 전락시키는 결과를 낳고 말았지요. 이 지침 이후에 나온 작품들은 주제와 내용, 서사가 아주 단순합니다. 깊이 있는 사유가 필요 없이 읽으면 바로 알 수 있는 정치적 선전의 문학적 형상화가 바로 문학이 된 것이지요. 당대 문학

초기부터 이런 문학이 강조되고 생산, 재생산되었습니다. '10년 대동란'으로 규정된 문화대혁명이 끝날 때까지 이런 상황에는 변화가 없었지요.

문화대혁명 기간 동안에는 창작뿐만 아니라 열독에 있어서도 통제가 있었습니다. 일반 독자들이 살 수 있는 책이라곤 혁명과 관련된 이론서뿐이었고 제대로 읽을 만한 문학 작품은 거의 없었습니다. 그러다 보니 당시에는 독서에 목마른 청소년들은 나름대로의 방법을 모색해야 했습니다. '지식청년'이란 사실 중·고등학생들을 말합니다. 문화대혁명 시기에 정규 교육이 중단되면서 이들은 학교를 다니지 못하고 전부 농촌으로 보내져, 노동을 통한 의식 개조를 거치게 되었지요. 그 방법은 학생들을 농촌 생산대에 끼워 넣어 힘든 노동을 하게 하는 것이었습니다. 돼지 사육을 하기도 하고 탄광에서 일하기도 했지요. 이를 삽대(揷隊)라고 합니다. 삽대된 청소년들 가운데 문학이나 철학에 관심이 있던 학생들이 몰래 챙겨 온 책들을 여럿이서 돌려 읽고, 한 번 읽은 책은 빨리 돌려줘야 하다 보니 넘겨주기 아쉬워 밤새 책 전체를 필사하는 일도 있었지요. 이들 중에 문학적 재능이 있던 사람들은 통제가 느슨해지자 몰래 시를 쓰기도 했고요. 그렇게 축적된 작품들이 정치적 압력이 해제되면서 지하에서 지상으로 올라오게 되었지요. 몽롱시(朦朧詩)라는 이름을 얻게 된 이 시들의 주요 특징은 단번에 이해되지 않는다는 것이었습니다. 듣기만 하면 무슨 뜻인지 알던 당시의 이데올로기 시와는 차별된 경향을 가진, 다분히 모호한 느낌을 주는 시였지요. 이것이 오랫동안 억눌려 있던 중국의 문학 정신을 회복하는 결정적인 계기가 됩니다.

이렇게 문화대혁명의 종언과 함께 시인들이 나타나고 시단이 형성되면서 이들의 시에 대한 논쟁을 계기로 문학 창작의 자유가 허용되기 시작합니다. 바로 이때부터 따지면 중국 당대 문학의 전통이 약 30년 정도 된다는 겁니다. 그동안 읽는 것조차 금지되었던 세계 각국의 문학 사조와 문예 미학, 철학 등이 이 30년의 초기 몇 년 동안 한꺼번에 중국에 쏟아져 들어옵니다. 우리가 100년이 넘는 시간에 걸쳐 흡수한 것을 중국인들은 30년 만에 흡수하여 자기화했던 것이지요. 중국 문화의 소화력은 정말 대단한 것 같습니다. 이런 소화력으로 중국 문학은 30년 만에 세계 문학으로 발돋움하는 저력을 형성하게 된 것이지요. 우리 문학은 어떻습니까? 동아시아 문학으로서의 부분적 동질성을 가지고 있는 것 외에, 세계 문학으로서의 위치 설정이나 전망을 어떻게 생각해 볼 수 있을까요? 이것이 우리가 중국 문학의 현실을 바라보면서 생각해 봐야 할 문제가 아닌가 싶습니다. 중국 당대 문학은 어떻게 단시간에 이처럼 전 세계 독자들의 마음을 사로잡을 수 있었던 걸까요?

모옌의 노벨 문학상 수상, 모옌 문학의 힘인가, 중국이라는 국가의 힘인가?

중국 당대 문학의 대표적 작가가 바로 모옌입니다. 모옌은 2012년에 노벨 문학상을 수상하죠. 그러나 그의 노벨 문학상 수상에 대한 평은 극명하게 갈립니다. 왜냐하면 '이게 과연 모옌 문학의 힘인가, 중국이라는 국가의 힘인가?'라는 의문을 갖도록 만들기 때문입니다.

모옌의 작품이 작품으로 평가받아야 하는 이유

모옌의 노벨 문학상 수상을 둘러싸고 벌어진 논쟁

모옌의 노벨 문학상 수상 당시, 모옌에 대한 다양한 평가가 일종의 신드롬을 이루었습니다. 폴란드 출신 독일 작가로 역시 노벨 문학상 수상자인 헤르타 뮐러 같은 사람은 모옌이 노벨 문학상을 타자마자 발끈했지요. "이는 세계 문학에 대한 재앙이다. 어떻게 이런 작가가 노벨 문학상을 탈 수 있단 말인가!" 하면서 말이에요. 모옌의 노벨 문학상 수상을 둘러싸고 온갖 추측들이 난무했습니다. 그런데 문학은 소문이 아닌 작품으로 규정되어야 합니다.

모옌, 그는 누구인가? 작가의 생애와 주요 작품

문학은 느끼는 것이기도 하고 아는 것이기도 합니다. 알아야 더 잘 느낄 수 있고 잘 느껴야 더 정확하게 인식할 수 있을 겁니다. 그렇다면 모옌과 그의 작품에 대해서도 화려한 수사를 걷어 내고 분석과 비판을 통해 실체에 좀 더 가까이 다가가는 작업이 필요할 것입니다. 한 작가와 그의 문학이 일종의 권력의 숙주가 되었을 때일수록 독자들에게는 더욱더 명징하고 날카로운 태도가 필요하기 때문입니다. 모옌은 1955년에 산둥성 가오미현에서 출생했습니다. 어린 시절 그는 고향에서 초등학교에 다니다가 문화대혁명으로 인해 학업을 접고 농사를 지어야 했죠. 모옌이 아직 어린 소년일 때, 중국에 전국적인 기아가 닥칩니다. 모두가 엄청난 굶주림의 재앙을 체험하게 되었지요. 그때 약 3,000명이 굶어 죽었다는 기록이 있습니다. 기아가 어느 정도였냐 하면, 모옌이 배고픔을 이기느라 이로 나무껍질을 너무 많이 벗겨 먹다 보니 이가 튼튼하게 단련되어 나중에 철사 공장에서 일할 때는 도구를 사용하는 것이 귀찮아 곧장 이로 철사를 끊어 냈다고 합니다.

모옌은 1975년에 군에 입대하게 됩니다. 중국에서의 입대는 우리가 생각하는 군 입대와 다릅니다. 중국은 모병제와 의무병역제를 병행하고 있지만 실제로는 입대 지원자가 너무 많아서 굳이 군대 가기 싫은 청년들을 억지로 끌고 가진 않았습니다. 군대에 가면 굶어 죽을 일이 없으니 이때는 지원자가 더 많았지요. 또한 사회의 정점을 향해 올라갈 수 있는 모든 제도와 과정이 군대 안에 다 갖춰져 있었습니다. 그래서 특히 농촌 청년들은 이를 유일한 신분 상승의 길이라 생각했지요. 군대 안에 문예학교를 비롯하여 대학을 포함한 다양한 교육 시스템이 갖춰져 있었으니 청년들에게 환영받는 게 당연했죠. 이처럼 중국 청년들의 입대는 우리가 생각하는 입대와는 차원이 다릅니다. 물론 끔찍한 고생도 많이 하죠. 이렇게 시작한 모옌의 군대 생활은 20여 년 동안 이어지게 됩니다.

1981년부터 글을 쓰기 시작한 그는 처녀작 《봄밤 조용히 비는 내리고》를 발표한 데 이어, 1984년에는 해방군예술대학원에 입학하여 당시 거세게 일기 시작한 문학 개혁 흐름의 영향으로 기존의 전통적 현실주의 글쓰기에 대한 깊이 있는 반성적 사유를 진행하게 되었습니다. 전통적 현실주의란 연안 문예 강화 이후 모든 작가들이 써야 했던 사회주의 리얼리즘에 입각한 글쓰기를 말합니다. 현실주의 글쓰기죠. 물론 서구에서 이야기하는 리얼리즘도 포함하는 개념입니다. 그 뒤로 새로운 예술적 관념에 기초하여 1985년에 《투명한 홍당무》와 《금발의 영아》, 《구형 번개》, 《그네 틀》, 《메마른 강》

등 일련의 작품을 집중적으로 발표하면서 문단에 커다란 소용돌이를 일으켰습니다. 이에 대한 평자와 독자들의 놀라움이 잦아들지 않는 가운데 1986년에 발표한 중편 소설 《홍까오량 가족》은 모옌의 대표작이 됩니다. 영화로 제작되어 우리에게 잘 알려진 이 작품은 베를린 영화제에서 황금곰상을 수상하기도 했습니다. 이때부터 모옌의 전성기가 시작됩니다. 《홍까오량 가족》은 그에게 문단 안팎에서의 커다란 명성을 가져다주었고 그 뒤로 모옌은 줄곧 왕성한 창작력을 과시하면서 중·단편과 장편에서 고루 엄청난 파종과 수확을 진행했습니다.

모옌 작품의 예술적 경향

모옌이 중국 신시기 이래 당대 중국 문단에서 가장 특색 있는 작가 가운데 하나라는 사실에는 이론의 여지가 없습니다. 그는 중국의 오래된 전통과 향토를 묘사하는 소설로 문단에 등단했고, 이로 인해 '뿌리 찾기' 작가로 알려졌습니다. '뿌리 찾기' 문학은 심근(尋根) 문학이라고도 하는데요. 이런 움직임이 나타난 것은 앞서 말씀드렸듯이 문화대혁명 이후 중국이 오랫동안 금지되어 있던 서구의 문예 미학을 한꺼번에 받아들여 소화하면서부터입니다. 그 과정에서 중국 작가들은 많은 사유를 거치게 되는데, 심근 문학은 서구 문화와 사조의 홍수 속에서 중국 문화의 뿌리를 찾자는 움직임으로 중국 각 지역마다 갖고 있는 문화적 특색들을 작품으로 재현함으로써 문학적 정체성을 지키려는 움직임이라고 할 수 있습니다.

　모옌은 현대적 서사 기교도 아주 능숙하게 운용하고 있습니다. 때문에 그의 텍스트에는 선봉(先鋒)의 색채가 아주 선명하죠. 선봉 문학이란 모더니즘을 아주 강력하게 받아들여 모더니즘과 포스트 모더니즘이 결합된 듯한 특성을 보이는 강력한 서구화 사조를 말합니다. 앞서 말씀드렸듯 중국은 서구의 문예 사조 수용도 굉장히 단시간에 이뤘기 때문에 어떤 한 작가, 작품에 여러 특징이 동시에 나타날 수도 있게 된 것이었죠. 모옌의 자유롭게 펼치는 서사와 언어, 신기하면서도 아름다운 감각 등은 독자들에게 엄청난 감관의 충격과 낯선 심미적 감상을 가져다줍니다. 이처럼 기교와 감정이 일종의 무절제 상태, 비이성적 범람과 배설의 상태로 빠져들면서 거대한 파괴적 성향을 드러내다 보니 다양한 형태의 비판을 유발하기도 합니다. '중국의 디오니소스'라는 이름을 얻을 정도로 '주신들의 광적인 환락'을 연상케 하는 그의 서사는 민간의 격정과 생명력으로 가득 차 있고, 이는 고스란히 중국 현대 문학의 주요 특징 가운데 하나였던 우울함과 무기력한 분위기를 일소하고 중국 소설에 새로운 활기와 에너지를 가져다주었습니다. 혹자는 이처럼 민간과 향토를 바탕으로 남미의 마술적 리얼리즘이 결합된 모옌 특유의 서사 방식을 '향토 인상주의'라고 명명하기도 합니다. 향토인상주의는 공인된 경향은 아니고 한 비평가의 표현일 뿐입니다. 이처럼 모옌의 작품은 어떤 한 가지 유형으로 특화하기 어렵습니다. 그 성격이 매우 다양하기 때문이죠. 그렇다면 주요 작품들을 통해 몇 가지 특징을 유추해 보도록 하겠습니다.

모옌 글쓰기의 특징

우리에게 잘 알려진 소설《홍까오량 가족》에서도 극명하게 드러나듯이 모옌이 좋아하는 인물은 고상하고 위대하며 뛰어난 능력을 지닌 영웅적 인물이 아니라 원시적이고 방종에 가까울 만큼 자유로우며 거칠고 활기 넘치는 평민들입니다. 혹자는 이런 인물 유형을 농민의 '힘의 토템'이자 '미감의 코드'라고 미화하여 말하기도 하지만 간단히 정의하자면 가장 본질적인 인성과 이에 기초한 저항성이라고 할 수 있을 것입니다. 그리고 야수성과 토비 근성을 기조로 하는 이러한 근성은 사실 인성과 천성, 감성이 혼합된 복잡한 생명력인 것입니다. 이처럼 그의 작품이 보여 주는 방대한 풍경과 제대로 파악하기 어려운 복잡한 특성들이 다른 작가들에게서 경험하기 어려운 강렬한 느낌을 안겨 주고 있지요. 요컨대 개성으로 충만한 모옌의 글쓰기가 전통적인 문학 창작 형식과 제한에 대해 대담한 극복과 도전을 시도하는 동시에 문학의 새로운 표현 형식을 개척하고 문학의 내포를 풍부하게 합니다. 이로써 당대 중국 문학의 다원화된 발전을 촉진했다는 데에는 이론의 여지가 없습니다.

놀라운 다산성과 순발력: 엄청난 사건과 다양한 풍경, 풍부한 이야깃거리

아주 오래 전, 모옌의 작품 두세 편이 처음 우리나라에 소개되기 시작할 무렵입니다. 한때 중국 사회과학원 문학연구소 소장을 지낸 바 있는 류짜이푸(劉再復)는 중국과 타이완의 문학적 차별성에 관해 설명하면서 중국 당대 소설이 갖는 스토리텔링의 우위를 중국 현대사가 담고 있는 대고대난(大苦大難)에서 찾아야 한다고 지적한 바 있습니다. 어쩌면 모옌의 다산성은 바로 이처럼 중국 역사와 현실에 축적된 대고대난의 이야깃거리와 이를 인민 독자들에게 들려주고 싶어 하는 작가적 열정에 있는 것인지도 모릅니다. 모옌은 글을 엄청나게 많이, 그리고 빨리 씁니다. 류짜이푸는 중국에 엄청난 사건과 아주 다양한 풍경이 많아 스토리텔링의 소재가 많다는 점을 중국 당대 문학의 중요한 특징 가운데 하나로 지적하고 있습니다. 이는 모옌뿐 아니라 대부분 이 시기 중국 작가들이 다른 나라 작가들이 비해 가지는 월등한 우세라고 할 수 있죠. 2007년 서울에서

열렸던 한중 문학 포럼에 단장의 자격으로 참가한 그는 이러한 자기 문학의 근원을 '인민-대지-어머니'의 관계 구조로 설명한 바 있습니다.

중국 고전의 신화와 전설, 민간의 이야기를 망라한 풍부한 서사의 콘텐츠와 스토리텔링 기교: 가오미현을 기반으로 한 상상력이 중국 전역으로 확장되는 경향성

모옌은 아주 짧은 기간에 서양의 현대 예술, 특히 라틴아메리카의 마술적 리얼리즘을 수용한 뒤로 빠르게 자신의 목소리를 내기 시작합니다. 모옌의 작품은 대부분 그의 문학의 모태이자 정신의 고향인 산둥성 가오미현 둥베이향을 배경으로 하고 있습니다. 일부 학자들은 윌리엄 포크너가 일생 동안 허구로 지어낸 우표 크기만 한 땅 요크나파토파 카운티를 묘사하는 데 집착했던 것을 언급하면서 모옌이 철저하고 빈틈없는 필치로 풀어내는 이야기들도 가오미현 둥베이향에서 나오지 않는 것이 하나도 없다고 지적합니다. 실제로 가오미현은 모옌이 정말로 성장하고 생활했던 실존적 고향으로서 그는 유년과 소년 시절을 모두 이곳에서 보냈습니다. 그리고 여러 해 동안 이곳에서 체득한 농촌 생활의 경험이 그의 창작에 깊고 두터운 축적과 숙성을 가능케 해 주었습니다. 가오미현의 모든 경치와 풍물은 물론이요, 이곳 시골에 전해져 내려오는 수많은 귀신 이야기나 민간 전설 등이 전부 그의 영감의 원천이 되어 그의 작품 속에서 짙은 지방적 분위기를 발산하고 있는 것입니다. 또한 유년 시절의 굶주림과 고독이 가져다주는 압박과 고통은 그로 하여금 그 빈곤하고 황량한 대지에 대해 대단히 복잡하고 모순된 감정을 갖게 했습니다. 요컨대 이 고향의 대지는 그의 영혼의 토대이자 모든 사랑과 원한의 귀착지입니다. 그는 《홍까오량 가족》에서 "가오미현은 지구상에서 가장 아름다우면서도 가장 추하고, 가장 초탈한 것 같으면서도 가장 세속적이며, 가장 성결하면서도 가장 지저분하고, 가장 영웅적이면서도 가장 양아치적인 곳이다"라고 말한 바 있습니다. 하지만 모옌의 작품에 등장하는 가오미현은 엄청난 탄력성을 지니고 있지요. 상상력이 무한히 확장되고 중국의 역사와 전통 문화가 일종의 상징 또는 배경으로 무한히 연결되고 발휘되는 공간입니다. 가오미현이라는 실제 공간을 바탕으로 모옌은 개인화된 경험에서 출발하여 가장 보편적 의미를 지닌 중국 북방 농촌의 모습을 사실적으로 그려 내는 동시에 이를 무한히 확장하고 변형시키면서 자신이 표현할 수 있는 모든 풍경을 그 안에 담고 있습니다.

스웨덴 한림원은 그를 노벨 문학상 수상자로 선정한 이유를 설명하면서 "환상적 리얼리즘으로 중국의 민담과 역사 그리고 당대의 현실을 하나로 융합해 냈다. 중국 문화로부터 길어 올린 환상적 설화는 잔혹하고 매혹적이다"라고 밝혔습니다. 이는 그의 소설이 가진 강력한 미학적 특징이기도 하지요. 《홍까오량 가족》을 보면 대단히 끔찍하지만 실제로 존재하지 않는 형벌이 등장하는데요. 영화 〈붉은 수수밭〉을 보면 실제로 그 일이 있었던 것만 같은 착각이 들 정도로 실감납니다. 그 모태는 아마도 사마천의 《사기》 가운데 자객 열전에 있는 내용일 것입니다. 중국의 온갖 형벌들이 등장하는데, 모옌은 이를 자유롭게 변형하여 작품화한 것이지요.

기존의 문예 미학이나 형식에 구애되지 않는 자유롭고 다양한 서사

모옌의 《개구리》 같은 소설을 보면, 잘 나가다 갑자기 연극으로 변모하기도 합니다. 이런 다양한 시도를 이론가들은 굉장히 대단하다고 평가하지만 독자인 저로서는 '왜 이러지? 골치 아프게', '그냥 남들 하는 대로 잘 쓰지' 하는 생각을 하게 됩니다. 오히려 혼란스러울 때가 많은 편이지요.

모옌을 이야기하면 '라틴아메리카의 마술적 리얼리즘'이라는 말이 자주 등장하는데요. 중국 작가들이 가장 큰 영향을 받은 서구 사조가 마술적 리얼리즘입니다. 이는 전통적 서구 리얼리즘에 대한 제3세계의 성찰의 결과로 남미 작가들의 작품에서 흔히 볼 수 있는 기법입니다. 사실과 허구의 경계를 무너뜨려 자기 자신과 동일시하는 것, 근대적 서사에 균열을 냄으로써 오히려 남미 식민지의 현실을 잘 고찰할 수 있도록 하는 미학적 장치이지요. 이런 기법이 중국 작가들에게 많이 수용된 이유는 현실을 모호하게 판타지로 변형시킴으로써 어떤 직설적인 발언에 따른 처벌을 피하면서도, 더 현실을 극명하게 보여 줄 수 있는 장치가 될 수 있기 때문이 아닌가 생각합니다. 그러나 최근에는 "지금 중국 작가들의 마술적 리얼리즘은 판타지에 너무 집착하다 보니 마술적 리얼리즘의 가장 본질적인 기능인 현실을 더 극명하게 강조해 보여 주는 효과를 제대로 발휘하지 못한 채 판타지화하는 데 그치고 있다"는 지적을 받기도 합니다. 하지만 새롭게 부상하고 있는 옌롄커(閻連科)와 같은 작가들은 그런 지적을 무색하게 만들고 있기도 하지요.

우리가 중국 당대 문학을 읽어야 하는 이유

중국 당대 문학의 주역 50후, 60후 작가들

지금까지 우리 출판계에는 모옌과 방금 언급한 작가들을 비롯하여 약 100명에 달하는 작가들의 작품 약 200여 편이 번역, 소개되어 있습니다. 이 가운데 가장 많은 작품이 출간된 작가를 꼽자면 모옌과 쑤퉁, 위화, 옌롄커, 류전윈 등의 순으로 거명할 수 있을 겁니다. 이들 대부분이 기본적으로 중국 문단을 대표하는 작가들로서 지대물박(地大物博)한 중국 사회의 특성을 반영하듯이 작품의 경향과 서사 및 수사의 특성에 있어서 충분한 다양성을 보여 주고 있습니다. 이 작가들이 갖는 중요한 공통점은 전부 '50후'와 '60후'라는 것입니다. '50후'는 1950년대에, '60후'는 1960년대에 태어난 사람들을 말합니다. 이 시기에 태어난 작가들이 중국의 문단을 장악하고 있을 뿐만 아니라 세계 문학으로서의 중국 문학의 위상을 상징하고 있다고 해도 과언이 아닙니다. 옌롄커의 지적에 따르면 여기에는 그럴 만한 역사적, 사회적 배경이 존재합니다. 1930~1940년대에 태어난 작가들은 대부분 혁명의 사유를 특별한 거부감 없이 수용했던 계층입니다. 1930~1940년대 작가로는 왕멍(王蒙) 같은 사람을 들 수 있지요. 이들은 당연히 혁명가이거나 조용히 흘러간 혁명지상주의자들, 혹은 대단히 비판적인 작가로 현실과의 거리 두기가 불가능하며 지금은 너무 연로해져 중국 문단을 이끌어 나가기에는 한계가 생겨 버린 계층입니다. 이제는 나이가 많아 오늘날 중국의 현실과 처지에 진정으로 참여하기가 어려울 뿐만 아니라 국가와 세계의 미래에 대한 관심을 반영해 낼 능력도 없습니다. 다시 말해서 개혁 개방 이후 중국 사회가 노정하고 있는 정치적, 문화적, 미학적 변화를 역동적으로 표현해 내기에는 역부족인 것입니다.

한편 1980~1990년대에 출생한 작가들은 중국 산아 제한 정책의 결과로 형성된 '독생자녀 세대'로서 문화적 풍요 속에서 성장한 대신, 극단적인 혁명 이데올로기의 지배와 그 절정이었던 문화대혁명을 경험하지 못했고 사회 변혁의 동기와 지향에 대해 비판적인 사유의 단계도 체험하지 못했습니다. 때문에 중국이 어디에서부터 시작하여 오늘날의 상태로까지 발전해 온 것인지, 개혁의 중국과 보수의 중국이 장차 어디로 가게 될 것인지 인식하거나 체감하지 못할 정도로 정신이 빈곤합니다.

이처럼 판이하게 다른 이 두 세대 사이에 1950~1960년대에 태어난 작가들이 서 있는 것입니다. 한창 중년의 세월을 보내고 있는 이들은 오늘의 중국이 어디에서 왔는지도 잘 알고 있고 내일의 중국이 이 세계 속에서 어디로 나아가게 될 것인가 하는 문제에 대해서도 지대한 관심을 갖고 있습니다. 소설 작품을 첫째, 사상성 및 역사의식, 둘째, 스토리텔링의 소재 및 서사 구조, 셋째, 수사적 기교라는 세 가지 시각으로 평가해 볼 때 '50후'와 '60후' 작가들만이 이 세 가지 요소를 두루 만족시키면서 중국 당대 문학의 위상을 높이고 있다고 할 수 있습니다.

이제는 '70후' 작가들의 책이 소개될 필요가 있습니다. 혁명기 이후의 중국 사람들은 대부분 사회주의를 표방하며 자본주의의 길을 걸었는데, 그 과정에서 중국인들 삶의 모습이 전환되는 과정을 '70

후'들이 가장 잘 표현할 수 있다고 생각합니다. '50후', '60후' 작가들과도 가장 큰 차별성을 보일 수 있고요.

우리가 중국 당대 문학을 읽어야 하는 이유

우리나라 작가와 독자들이 중국의 소설, 특히 '50후', '60후'들의 작품을 읽어야 하는 이유는 여러 가지가 있을 것입니다. 우선, 우리나라 독자들이 세계 각국의 고전 문학과 당대 문학 작품들을 통해 문학 예술이 가져다주는 심미적 즐거움과 깨달음을 향수해 왔듯이 중국 당대 문학 작품들이 제공하는 다양한 내용과 형태의 심미적 즐거움을 누리는 동시에 풍성한 영혼의 양식을 얻을 수 있을 것입니다. 둘째는 문학 작품을 통해 중국 사회에 대한 이해를 넓히는 것입니다. 개혁 개방 이래로 너무나 빠른 속도로 변화하고 있는 중국 사회의 생생한 모습을 구체적으로 체감하기 위해서는 이론이나 통계보다는 소설의 서사를 통해 자연스럽게 펼쳐지는 중국인들의 삶의 풍경을 통해 몸과 가슴으로 느끼는 것이 절실하게 필요합니다. 알베르 까뮈가 말한 것처럼 인간의 삶은 이론으로 기억되기보다는 풍경으로 기억되는 경우가 대부분이기 때문입니다. 우리나라 사람들이 중국 당대 소설을 읽어야 하는 세 번째 이유는 우리나라 문학의 발전을 위해서입니다. 인성과 삶, 인간의 존엄과 사랑에 대한 중국 작가들의 깊이 있는 사유와 고뇌, 그리고 이를 담아낸 눈부신 수사를 통해 우리나라 문학이 결여하고 있는 문학적 자양을 흡수하여 이를 바탕으로 한국 문학이 세계 문학의 대열에 한 걸음 더 가까이 나아갈 수 있다면 그보다 더 좋은 일이 없을 것입니다. 요컨대 우리에게 있어서 모옌의 소설을 비롯한 중국 당대 문학은 우리가 학습하고 받아들여야 할 문학적 자양의 공급원이자 우리가 급변하는 중국 사회를 실물감 있는 풍경으로 인식하고 느낄 수 있는 주요 창구라는 중요한 두 가지 의미를 갖고 있다고 할 수 있습니다. 그리고 그들의 글쓰기를 우리의 에너지로 전환시키기 위한 글 읽기의 실천은 순전히 우리의 몫입니다.

우리는 모옌의 작품뿐만 아니라 우리에게 소개된 많은 동아시아 작가들의 작품을 왜 수용하고 읽어야 하는지 자문해 보아야 합니다. 예컨대 우리가 왜 무라카미 하루키를 읽어야 하는지를 자문해 보아야 한다는 말입니다. 우리의 문학적 경향이 혹시 자동적으로 서구 지향으로 흘러오진 않았는지, 그리고 매체들이 설정해 놓은 베스트셀러 작가들을 너무 따라가지 않았는지 반성해 볼 필요가 있습니다. 중국 문학이 우리 문학에 갖는 중요함은 문화적 뿌리를 공유하는 같은 동아시아 지역의 문학이라는 점입니다.

중국은 우리가 수천 년간 문화 교류를 유지해 온 지역입니다. 문학 작품을 번역하더라도 가장 원문 텍스트에 가깝게 번역할 수 있다는 이야기죠. 이 자체가 중요한 의미를 갖습니다. 더 중요한 것은, 문학 작품인 소설은 허구이긴 하지만 문학 자체가 중국이라는 국가를 이해하는 하나의 중요한 방법이 될 수 있다는 점입니다.

문학 외의 다른 서적이나 자료를 보면 주로 지수나 지표로 그들의 삶의 모습을 표현합니다. 그래서 그들이 어떻게 살고 있는지 느껴 볼 기회는 굉장히 적습니다. 그런데 소설을 읽게 되면 그들의 삶의 풍경이 펼쳐지죠. "이들도 아이폰을 쓰는 구나", "아니, 뇌물로 BMW를 주다니 부패가 엄청나네" 등 훨씬 구체적으로 핍진하게 삶을 이해할 수 있는 장치가 문학이지요. 우리는 문학을 통해 빠르게 변화하고 있는 중국에 대한 이해를 넓힐 수 있을 겁니다. 더불어 작가들은 분명히 우리 작가들이 체득하지 못한 새로운 서사의 기교와 사유의 방법을 발견할 수 있을 겁니다.

더불어 우리나라 문학이 정말 세계 문학으로 굳세게 자리를 차지하려면, 정말로 문학이 국력을 그대로 반영하는 것이 아니라면, 적어도 문학의 힘을 세계에 표현해 낼 수 있으려면, 모든 책임을 작가의 몫으로 돌릴 것이 아니라 독자가 나서야 할 문제라고 생각합니다. 독자들이 책을 읽지 않는 한 우리나라 문학에 미래는 없습니다. 독자들이 우리나라 작품을 읽지 않는 한, 저 같은 사람은 계속 중국 책만 번역해야 합니다. 저의 궁극적인 희망은 역으로 우리 작품을 중국어로 번역할 수 있는 능력을 갖추는 것입니다. 외국 문학을 읽고 연구하는 중요한 목적 가운데 하나가 자국 문학의 발전을 위한 것이라는 점을 잊지 말아야 할 것입니다.

북토크

타이완 문학에 대한 견해

타이완 문학은 중국 문학과는 현저히 다릅니다. 문학적 자유를 오랫동안 구가했고 산업화되는 과정이나 사회 발전 양상이 특이했기 때문에 타이완 문학은 모더니즘적 성향이 굉장히 강합니다. 타이완은 비교적 시가 발달했고 소설은 중국이 더 낫다고 보는데 소설 미학이나 기교 면에서 타이완 문학의 장점이 존재합니다. 주톈원(朱天文)의 《황인수기(荒人手記)》라는 작품이 있는데 번역이 쉽지 않았습니다. 독자들에게도 사유의 극대화를 자극하는 작품이라고 할 수 있지요. 중국 대륙 작품이 스토리텔링 위주라면 타이완 문학은 서사 속에 대단히 깊은 사유가 관통하고 있다는 것이 주요 특징입니다. 《황인수기》 같은 작품은 동지 문학, 즉 동성애 문학이라고 할 수 있습니다. 타이완 문학에는 동성애 문학이 한 영역으로 자리 잡고 있지요. 주류는 아니지만 동성애 문학에 대한 깊이 있는 사유와 이를 뒷받침하는 인류 문명사가 그 책 한 권에 다 들어가 있어요. 어떻게 그런 서사가 가능한지 놀라울 따름입니다.

주톈원이라는 작가와 대척점에 서 있는 작가 리앙(李昂)의 작품도 추천하고 싶습니다. 리앙의 작품은 '문학동네'에서 출간한 《눈에 보이는 귀신》과 '은행나무'에서 출간한 《비밀의 정원》이 있는데, 타이완 사람들의 민족적, 국가적 정체성이 가장 잘 드러나는 작품이 바로 《눈에 보이는 귀신》입니다. 이 소설에서 귀신들이 전개하는 서사는 대단히 잔인하고 끔찍하면서도 유머러스합니다.

제가 아쉽게 생각하는 점은 우리나라 출판계의 편중성입니다. 중국 소설에 대한 편향성을 깨는 입장에서 저는 앞으로 타이완 문학을 적극 소개하려 합니다. 아직은 국내에 타이완 문학 작품이 많이 나와 있진 않지만 관심 가지고 읽어 보시면 중국 문학의 또 다른 영역이라는 걸 알 수 있으실 겁니다. 강력하게 추천드리고 싶습니다.

중국 문학에서의 성

성적 표현을 비롯하여 아주 원시적이고 인간의 밑바닥에 고여 있는 에너지를 표출하는 것이 모옌 작품의 특징인데요. 《열세 걸음》은 정말 광적이에요. 숲 속에 들어가 광란의 춤을 추는 분위기죠. 옌롄커의 《인민을 위해 복무하라》는 더 그래요. 성 불구자인 사단장의 젊은 부인이 취사병과 광적인 성적 유희를 즐기는 내용이지요. 인민을 위해 복무하라는 혁명의 성스러운 명제가 광적인 성 행위의 신호탄이 되고 있습니다. 중국 소설에는 이런 작품들이 종종 나옵니다. 반면에 문화대혁명 서사의 일환으로 아주 지고지순한 사랑을 그린 작품들도 있죠. 《산사나무 아래》라는 제목의 중국 베스트셀러가 있는데 전혀 다른 형식과 풍격으로 성의 문제를 다루고 있습니다. 정치에 관해 언급하지 않는 한 이런 표현들도 사회적으로나 정치적으로 아무런 제약을 받지 않고 있습니다. 제 생각에는 앞으로 더 놀라운 작품들이 많이 나올 거예요. 전체적 추세가 그렇게 되기보다는 다양성이 확보되고 인간의 기본적 욕망을 표현하는 데 완전한 자유가 허용되는 것이 바람직하다고 생각합니다.

당대 중국 문학 번역서에 대해

중국 문학 작품을 우리말로 번역하는 것은 기본적으로 수사의 문제입니다. 중국어 수사 시스템과 우리나라 수사 시스템이 다르지요. 양쪽 수사에 충분히 익숙해져 있는 사람들이 번역을 하는 것이 바람직합니다. 저는 잘된 번역은 번역된 책이란 느낌이 들지 않아야 한다고 생각합니다. 그 정도로 의미뿐만 아니라 글의 맛과 리듬을 살려야 한다고 거죠. 그래서 제가 바라는 건 독자분들 가운데 중국어를 하는 분들이 많이 생겨서, 중국 번역계에도 번역 비평이 자리 잡는 것입니다. 번역은 외국어 실력의 문제가 아니라 책 읽기의 문제라는 점을 다시 한 번 강조하고 싶습니다.

중국 당대 문학 작품으로 추천하고 싶은 것은 옌렌커의 《인민을 위해 복무하라》와 《풍아송》입니다. 이 작품들은 성과 지식인의 존재 가치 같은 원초적인 문제들을 극사실적인 묘사로 재현하고 있지요. 또 얼마 전에 나온 위화의 산문집을 권하고 싶습니다. 원제는 《10개 단어 속의 중국》이란 제목인데 한국어판 제목은 《사람의 목소리는 빛보다 멀리 간다》이지요. 반응과 평가가 비교적 좋은 작품입니다. 산문인데도 또 다른 맛을 느끼실 수 있지 않을까 생각됩니다. 또한 옌렌커의 산문집 《나와 아버지》에서는 과거 중국의 농촌 생활이 얼마나 고생스럽고 순수하고 아름다웠는지 느껴 보실 수 있을 겁니다.

Lesson 9

타고르와
지구적 세계 문학의 길

by 김재용 원광대 교수

타고르(Rabindranath Tagore, 1861~1941)

인도 콜카타에서 태어났다. 11세 무렵부터 시를 썼고, 16세 때 첫 시집
《들꽃》을 내어 벵골의 P. B. 셸리라 불렸다. 1877년 영국에 유학하여 법
률을 공부하며 유럽 사상과 친숙하게 되었다. 귀국 후 벵골어로 작품을
발표하는 동시에 스스로 작품의 대부분을 영역하였고, 산문, 희곡, 평
론 등에도 재능을 발휘하였다. 시집으로는《신월(The Crescent Moon)》,
《원정(The Gardener)》(1913) 등, 희곡으로는《우체국(The Post Office)》
(1914),《암실의 왕(The King of the Dark Chamber)》(1914), 소설로는
《고라(Gorā)》(1910),《카블에서 온 과실장수》, 평론으로는《인간의 종
교》,《내셔널리즘(Nationalism)》(1917) 등이 있다. 1910년에 출판한 시
집《기탄잘리(Gī tāñ jalī)》로 1913년 아시아인으로는 최초로 노벨 문학
상을 받아 세계에 알려졌다. 그뒤 동서 문화의 융합에 힘썼고, 샨티니케
탄(평화학당)을 창설하여 교육에 헌신하였으며 벵골 스와라지 운동의
이념적 지도자가 되는 등 독립 운동에도 힘을 쏟았다. 벵골 지방의 옛 민
요를 바탕으로 많은 곡을 만들었는데, 그가 작시·작곡한《자나 가나 마
나(Jana Gana Mana)》는 인도의 국가가 되었다. 오늘날에도 간디와 함께
국부로 존경받고 있다. 한편, 타고르는 우리나라를 소재로 한 두 편의 시
《동방의 등불》,《패자의 노래》를 남겼다.

타고르에 대한 좁은 이해에 건네는 안타까움

이 강의의 제목은 타고르와 지구적 세계 문학의 길입니다. 우리나라 사람들은 타고르에 대해 '타고르가 우리나라를 굉장히 좋게 이야기 했다', '동방의 등불이다' 정도로 인식하고 있습니다. 그러나 저는 타고르가 우리가 식민 지배하에서 고통받을 때 힘을 불어넣어 준 사람 이상으로 보아야 한다고 생각합니다. 괴테 이후 가장 높은 사고를 지닌 사람이기도 하고요. 그러므로 이 강의를 통해 여러분도 좀 더 세계 문학의 차원에서 타고르를 접해 보시면 좋을 것 같습니다.

타고르와 조선의 만남:
타고르 '동방의 등불' 조선을 만나 '패배자의 노래'를 부르다

배경: 일본 방문과 중국 방문을 통한 아시아의 각성

• 타고르의 일본 방문과 실망
타고르는 노벨 문학상을 받고 난 후 중국도 방문했고 일본도 다섯 차례 방문했습니다. 타고르는 노벨 문학상 수상 직후 일본에 깊은 관심을 가지고 있었는데, 타고르가 일본에 주목한 이유는 다음과 같습니다.

유럽이 제국주의화되어 전 세계를 지배하고 있을 때 아시아 국가 중 유일하게 일본만이 유럽의 식민지가 되지 않고 살아남았을 뿐 아니라, 세계열강의 한 일원으로 기능하는 것을 보며 인도 지식인인 타고르는 의문을 품었죠. '왜 일본이, 그들이 무슨 힘과 정신이 있기에 생존했을 뿐 아니라 유럽과 더불어 버티고 있는가?' 하고요. 게다가 1905년 러일 전쟁을 치르면서 일본이 그 당시 유럽의 일원이라고 할 수 있는 러시아와 싸워 이긴 것을 보며 타고르는 매우 놀랐습니다. 일본의 어떤 힘이 그런 일을 가능하게 했을까 하는 점에서요. 그래서 타고르는 여러 차례 일본을 방문하며 공부했고, 그들 지식인들과 함께 이야기 나누며 유럽만이 아니라 전 세계의 사람들이 평등하게 살아가는 것을 꿈꾸었습니다.

1916년 타고르는 큰 기대를 품고 일본을 방문합니다만, 많은 일본의 지식인들을 만나며 실망에 빠집니다. 타고르는 일본이 유럽 제국주의에 저항하며 생존했다면, 최소한 다른 나라를 괴롭히면 안 된다고 생각하였습니다. 유럽 제국주의에 괴롭힘을 받았던 국가가 또 다른 국가를 괴롭힌다는 건 말이 안 된다고 생각했습니다. 그러나 타고르가 일본에 가서 보니, 일본이 제국주의로 치닫고 있었고, 당시 일본 유학 중이던 조선인들과 만나 조선인들이 일본의 지배를 받는 것을 원하지 않는데도 일본이 강제로 지배하고 있다는 것을 확연하게 알게 됩니다. 결과적으로 '조선인들은 일본 지배를 부정적으로 생각하고 거부하고 있구나'를 깨달은 타고르는 일본에 대한 기대를 차츰 잃어 갑니다. 유럽에 맞선, 비(非)서구의 한 축으로 기대하고 왔으나 굉장히 실망하고 돌아가게 된 거죠. 이처럼 타고르는 일본 방문에서 흡족한 결과를 얻지 못하였습니다.

• 타고르의 중국 방문과 기대

타고르는 중국도 방문했는데요. 당시 양계초를 만납니다. 양계초도 초기에는 서양 제국주의를 배워 어떻게 하면 중국을 서구처럼 발전시킬까에 대해 많은 관심을 가지고 있었습니다. 양계초는 1차 세계 대전 이후 유럽 전후 세계를 논의하기 위해 만들어진 베르사유 회의를 보며 굉장히 실망했습니다. 유럽 사람들이 세계를 새롭게 만든다는 것이 어불성설이라고 생각하며 실망한 그는 새로운 아시아, 새로운 세계를 꿈꾸며 서구에 맞설 수 있는 새로운 자산을 마련하기로 마음먹습니다. 당시 아시아인, 비(非)서구인으로서 처음 노벨 문학상을 받은 타고르의 글을 읽어 보고 비슷한 생각을 가진 사람이라는 걸 알아챈 양계초는 타고르를 중국으로 초대합니다. 그러나 양계초와 일부 지식인들은 타고르를 반겼지만 당시 서구 문화에 열광하던 다른 부류의 중국 지식인은 타고르를 배척했습니다. 당시 공자 하면 머리가 아팠던, 공자 때문에 나라가 망했다고 생각하던 대부분의 지식인들에게 타고르는 철이 지나도 한참 지난 이야기였죠. 그래서 굉장히 배척이 심했습니다.

타고르와 조선 지식인의 만남 1: 진학문과의 만남과 「패배자의 노래」

타고르는 유럽 지배의 세계 질서에서도 버틴 나라 일본, 인도와 더불어 아시아에서 지적 유산을 가장 많이 가졌던 중국을 방문했지만 어떤 나라에서도 만족을 얻을 수 없었습니다. 그래도 한 번도 방문하지 않았던 조선에 대해서는 좋은 생각을 가지고 있었습니다. 타고르는 조선의 지식인 두 명을 만나게 됩니다. 1916년에 일본에서 진학문을 만나고 1929년에 동아일보 도쿄 특파원 설의식을 만납니다. 이것이 현재 문서로 확인 가능한 두 번의 만남입니다.

진학문과의 만남 당시, 진학문이 조선인들은 일본으로부터 벗어나길 원한다고 말하고 타고르에게 자신들을 지지해 줄 것을 요청하자 타고르가 글 하나를 써 보냅니다. 당시 쓴 글이 〈청춘〉이라는 잡지에 실렸는데, 그게 「패배자의 노래」라는 시입니다. 타고르는 시인이기 때문에 산문을 부탁했지만 시를 썼어요. 일본 식민지인 조선이 비록 지금은 패배자이지만 억압당한 사람들이 오히려 희망이 될 수 있다, 패배자가 부르는 노래는 희망이다라는 내용의 시입니다. 패배한 사람이 진정한 내일을 책임질 수 있다는 것이죠.

타고르와 조선 지식인의 만남 2: 설의식과의 만남과 「동방의 등불」

1929년, 두 번째 조선의 지식인을 만났을 때 흥미롭게도 타고르가 장문의 글을 씁니다. 또한 우리가 알고 있는 '동방의 등불'이란 짧은 메시지도 보냅니다.

당시 타고르는 설의식과 인터뷰를 길게 했어요. 그 인터뷰를 잡지인 〈삼천리〉에 실으려고 했더니, 조선 총독부에서 싣지 못하게 했죠. 조선 총독부의 검열을 통과하지 못해서 그 글은 남아 있지 않았습니다. 그런데 최근 인도 학자가 타고르의 벵갈어 전집에서 이 글을 찾아 세상에 알렸죠.

그 글을 보면 타고르의 생각을 잘 알 수 있습니다. "식민지를 벗어나기 위해 무엇을 해야 하나?"라는 조선 지식인들의 물음에 타고르는 이렇게 답합니다. "조선은 언젠가는 해방될 것이다. 해방이라는 것은 세계적 추세다. 너희 조선이 잘하고 못하고에 상관없이 해방은 온다. 그런데 문제는 해방 후 어떤 나라를 만들 것인지를 고민하는 것이 중요하다. 절대로 국가를 우선시해서는 안 되고, 각성한 개개인이 스스로 조직을 만들 수 있는 환경을 조성해야 한다. 국가와 분리된 상태에서 자각한 개인들이 주체로 살아가는 나라, 한마디로 시민 사회를 만들어야 한다." 이것이 1929년 인터뷰의 핵심이었습니다.

타고르의 사상과 문학관:
내셔널리즘 이후의 세계와 지구적 세계 문학의 길

이 같은 논의와 연관 지어, 우리는 타고르라는 사람이 가진 사상적 맥락을 이해한 후에, 그가 조선에 건넨 말들을 회자할 필요가 있습니다. 단지 조선이 아니라 인류의 미래를 걱정했던, 지구적 시민 사회에 대한 가장 앞선 생각을 했던, 국민국가 체제를 넘어서는 글로벌한 시민 사회를 고민한 타고르를 이해한 후에 우리는 그의 시와 소설을 가장 잘 이해할 수 있을 거라고 생각합니다. 이런 사실을 모른 채 우리가 소박하게 '동방의 등불'이 참 좋은 말이다, 식민지 시기의 우리 민족에게 참 좋은 말을 해 주었구나 정도로 타고르를 이해하는 것은 매우 편협한 시각이라고 생각합니다.

타고르의 사상: 내셔널리즘 이후의 세계를 고민하다

타고르는 세계가 당면한 문제가 '내셔널리즘이 지구를 뒤덮고 있는 것'이라고 보았습니다. 이 내셔널리즘은 유럽 내셔널리즘이 외화된 것이고, 제국주의에 반대하는 이들도 내셔널리즘을 저항의 사상으로 채용하는 한 인류에 희망이 없다고 보았습니다. 내셔널리즘을 넘어서는 새로운 미래를 만들어야 한다는 것이 타고르의 생각이었습니다.

타고르의 《내셔널리즘》이라는 책은 1917년에 출판되었습니다. 1부 '일본에서의 내셔널리즘', 2부 '서양에서의 내셔널리즘', 3부 '인도에서의 내셔널리즘'으로 구성되어 있습니다. 1부는 일본 내셔널리즘에 대한 내용으로 일본이 유럽의 내셔널리즘을 따라 하는 것에 대한 문제를 제기합니다. 2부는 유럽 내셔널리즘에 관한 내용입니다. 유럽 제국주의를 유럽 내셔널리즘으로부터 나온 개념으로 보고 제국주의를 내세우며 다른 국가들을 괴롭히는 유럽의 문제를 지적합니다. 3부는 인도 내셔널리즘에 대한 내용으로 인도도 이것에 많은 유혹을 받는다는 내용입니다. 즉, 인도는 영국과 싸워 새 미래를 개척해야 하는데 자꾸만 내셔널리즘에 기대려고 한다, 그러면 미래가 없다는 내용입니다. 내셔널리즘 이후의 미래를 고민할 때 세계에서 가장 각광받는 책이 바로 이 책입니다. 2014년에 우리나라에서도 손석주 씨의 번역으로 글누림출판사에서 출판되어 쉽게 만날 수 있게 되었습니다. 타고르의 시, 산문을 통틀어 21세기 인류에게 가장 중요한 책은 바로 이 책이라고 생각합니다.

타고르는 바로 이런 시각에서 조선인들도 준비시켰던 것입니다. 이제 더 이상 유럽이 제국주의 행세를 하기 어렵고 유럽 스스로도 이대로는 미래가 없다고 생각하고 새로운 시대를 만들 것이기 때문에 조선은 내셔널리즘에 기반을 둔 나라가 아니라 이를 넘어서는 자각한 개인이 만드는 새 시대를 준비해라, 그것만이 조선, 유럽, 인류의 대안이라는 것이 바로 타고르 인터뷰의 내용이었습니다.

타고르의 문학관: 100년 전, 지구적 세계 문학의 길을 모색하다

여기 타고르의 문학관을 보여 주는 사례가 있습니다. 타고르의 '샤쿤탈라'(1907)라는 글인데요. '샤쿤탈라'는 인도의 희곡작가인 칼리다사가 쓴 희곡의 이름이기도 합니다. 타고르의 글에 이런 내용이 있습니다.

셰익스피어의 희곡 「폭풍우」와 칼리다사의 「샤쿤탈라」를 비교해 보겠다는 생각이 금방 떠올랐다. 외향적으로 흡사할 뿐만 아니라 내면적인 차이점도 논하도록 하겠다.

17세기의 작품인 셰익스피어의 「폭풍우」와 6세기 인도 희곡인 「샤쿤탈라」를 비교한 타고르의 결론은 '둘 다 남녀가 사랑하는 이야기인데 남녀가 바라보는 세계에 대한 이해는 얼마나 큰 차이가 있나? 요약하자면, 샤쿤탈라는 성숙한 작품 같고, 셰익스피어 작품은

덜 성숙한 작품 같다' 이것이 타고르의 결론이었습니다.

당시는 인도가 영국의 식민 지배를 받을 때였으므로 '영국은 문명이고 인도는 야만'이라는 사상이 인도를 지배하던 때입니다. 영국 문학은 세계 문학이고 인도의 문학은 야만적인 것에 지나지 않던 시절이었죠. 연구자들에 의하면 영국이 인도를 지배하면서 '어떻게 인도인을 교화할까?'를 고민하면서부터 영문학의 개념이 만들어졌다는 것입니다. 야만적인 인도에 영국 문명을 교육하기 위한 가장 좋은 수단이 셰익스피어였죠.

그런 시기에 타고르는 자신들의 희곡이 셰익스피어보다 낫다고 주장하죠. 인도의 고전 희곡으로 타고르는 셰익스피어와 영국 제국주의에 대응합니다. 이처럼 타고르는 유럽 중심주의에 굉장히 비판적인 사람이었습니다. 이런 맥락에서 타고르는 몇 개의 글을 쓰는데요. '세계 문학'이라는 글은 매우 주목할 만한 글입니다. 100년 전 타고르가 쓴 글이 지금 제가 쓰고 있는 지구적 세계 문학이라는 개념과 굉장히 비슷해요. 영국 사람들이 타고르에게 비교 문학을 강의해 달라고 부탁했는데 타고르는 비교 문학 강의가 아니라 세계 문학 강의를 하겠다고 나섭니다. '나는 왜 '비교 문학'이 싫고 '세계 문학'이 좋은지'를 설명하는 것이 이 글입니다. 비교 문학은 월등하고 뛰어난 영국 작품과 열등한 인도 문학을 비교한다는 사상이 깃들어 있는 용어입니다. 이에 대해 타고르가 세계 문학을 언급한 것은 우리 비(非)서구-아시아 문학이 영문학과 대등함을 이야기하려 했던 것입니다.

지구적 세계 문학이란 저항의 문학입니다. 유럽 문학은 세계 문학이고 아시아를 비롯한 비(非)서구 문학은 세계 문학이 아니고 그 반열에 들 수 없다는 사상이 지금도 전 세계적 문제인데 타고르는 이미 100년 전에 이를 놀라울 정도로 잘 설명하고 있습니다.

지구적 세계 문학 논의의 뿌리를 더듬다:
타고르 이전의 세계 문학 논의_ 괴테와 볼테르

괴테: '세계 문학' 용어 사용과 비(非)서구 문학 연구

세계 문학이라는 용어를 가장 처음 쓴 사람을 찾아 올라가 보면, 그 사람은 바로 괴테입니다. 괴테가 이런 말을 했어요.

"요 며칠간 자네와 만나지 못한 동안에 여러 가지 책을 많이 읽었네. 그 가운데 특히 중국 소설도 있었는데 아직 다 읽지 못했지만 매우 주목할 만한 작품인 것 같네. 오늘날에는 국민 문학이라는 것이 별 의미가 없고 세계 문학의 시대가 도래했다네."

괴테를 챙겨 주는 비서 에커만이 있었어요. 이 사람은 괴테의 살림을 챙겨 줄 뿐 아니라 작품도 챙겨 주고 대화도 했는데, 에커만이 나중에 괴테가 죽은 후 《괴테와의 대화》라는 책을 썼습니다. 위의 인용구는 에커만의 《괴테와의 대화》에서 인용한 것인데요. '내 소설이 최고인줄 알았는데, 중국 소설을 읽어 보니 내 소설과 비슷하여서 독일 문학을 말하는 것이 우습구나'라는 생각이 들어 괴테가 세계 문학이라는 말을 사용한 것으로 보입니다. 1927년에 괴테가 한 말 중에서 오늘날 서구 학자들은 중국 얘기는 자꾸 빼먹습니다. 연구자들에게도 유럽 중심주의가 뼛속까지 스며들어 있기 때문입니다.

괴테는 당시 번역 등을 통하여 유럽 이외의 문학을 공부하기 위해 노력했습니다. 가까운 나라의 문학부터 먼 나라의 문학까지 공부한 거죠. 히브리어를 공부하고 페르시아 문학을 공부했습니다. 괴테는 페르시아 문학을 공부하다 깜짝 놀랍니다. 자기보다 한참 앞선 14세기 무렵 하피즈란 시인의 시를 읽고 괴테는 감동을 주체하지 못했습니다. 자신보다 훨씬 이전에, 그것도 페르시아에서 이런 창작 활동을 하다니 하고 말이죠. 그에 감동받은 괴테는 이와 관련된 시를 많이 쓰고, 또한 독자들의 이해를 돕기 위해 페르시아 시 역사를 써서 책을 냅니다. 그것이 그 유명한 《서동시집》입니다.

'하피즈가 동양에서 가장 대표적 시인이고 내가 서양 대표 시인이니, 이는 동서양 시의 교류다. 영혼의 교류다'라는 생각이 들어 쓴 시집이 괴테의 《동서시집》입니다. 동서양을 한 곳에 묶어 놨다는 점, 14세기 동양 시를 읽었다는 점에서 괴테는 다른 문화에 관대했고 열려 있었습니다. 괴테의 머릿속에는 유럽 중심주의는 전혀 없었습니다. 당시에는 비(非)서구 문학 하면 유일하게 아시아 문학이었는데 그에 대해 괴테가 이렇게 열려 있었다고 하는 것은 놀랍기만 합니다.

볼테르: 중국에의 감탄과 존경으로 써 내려간 희곡 '중국의 고아'

19세기 초반까지, 유럽인들에게 중국은 대단한 존재였습니다. 서양인들이 중국 선교 활동을 하던 이들이 각종 이야기를 모아 《중국의 역사》라는 책을 냅니다.

중국에 파견되어 있는 선교사 한 명이 중국 희곡에 감명을 받아 번역하여 이 책에 싣습니다. 볼테르가 프랑스어로 번역된 이 희곡을 보고 감동받습니다. 14세기 원나라, 몽골 지배 시절에 나온 「조씨 고아」라는 희곡입니다. 볼테르는 그 작품에 감명받아 「중국의 고아」라는 제목으로 바꾸어 각색합니다. 볼테르는 중국 마니아였습니다. 라이프니츠와 볼테르는 당시 독일과 프랑스에서 가장 중국을 좋아하던 사람입니다. 볼테르가 각색한 글을 보고 괴테가 1막짜리 희곡을 씁니다. 괴테도 볼테르의 영향을 받은 셈이죠.

하지만 이에 반대한 사람도 있습니다. 볼테르가 중국을 칭찬하니 루소는 '내가 보니 아니더라' 하고 토를 답니다. 이처럼 루소와 볼테르의 중국에 대한 시각은 다릅니다. 하지만 유럽이 세계 중심이란 생각은 당시 유럽 사람 누구에게도 없었습니다. 유럽이 이 세계를 주도하고 가르쳐야 한다는 생각은 19세기 중반부터 자리 잡기 시작했습니다.

유럽 중심 세계관의 기원과 그 안에 내포된 폭력성

16세기까지 유럽인들의 세계관: 중국에 대한 유럽인들의 경탄

예수교 출신 선교사 마테오 리치의 보고서를 보면 처음부터 끝까지 중국에 대한 경탄이 주를 이룹니다. 마테오 리치는 당시 중국의 관료 선발 제도, 중국 시와 철학, 사상을 보고 지구상에 이런 나라가 있다는 사실에 놀라움을 금치 못합니다. 유럽은 이제 막 야만에서 벗어났는데 1601년에 그런 문명을 가진 나라가 있다는 사실에 놀랐던 거죠.

중국에서 들여온 종이가 유럽에 자리 잡고, 구텐베르크가 인쇄술을 발달시켜 막 지식 보급을 시작할 때였는데, 이미 중국엔 남아도는 게 좋이였죠. 유럽인들이 16세기부터 자신들을 세계의 중심이라고 생각했던 것은 라틴아메리카와 비교했을 때였지, 중국에 비해서는 항상 열등하다고 생각했습니다.

아편 전쟁 이후 유럽인들의 시각 변화: 유럽 중심주의가 내포한 폭력성

바람 따라 가는 돛이 달린 배가 중국의 바다를 떠다닐 때 유럽에서 증기 기관을 만듭니다. 바람 부는 대로 움직이는 중국 배와, 서양 증기 기관 배가 싸우면 당연히 서양 배가 이기겠죠. 그것이 아편 전쟁입니다. 유럽이 아편 전쟁으로 세계를 제패하고 나자 유럽 중심의 세계관이 지식화, 제도화됩니다.

1840년 아편 전쟁 이후 만들어진 유럽 중심주의는 점점 확고해져 견고하게 자리 잡습니다. 그 힘을 가지고 마구잡이로 식민지를 만들며 시간이 흘렀습니다. 그러나 유럽 중심주의라는 것은 1840년대 이후 자리 잡은 세계관이고 그 전은 아니었다는 사실에 주목해야 합니다. 그 전에는 오히려 유럽 사람들이 중국의 소설, 희곡을 보며 감동받았죠.

아시아의 고전들은 지금 다시 봐도 정말 훌륭합니다. 그런데 유럽 문학만이 좋고 위대하다는 세계관이 너무 견고하게 자리 잡고 있어, 작품을 조명하는 것은 물론이고 교육조차 이뤄지지 않고 있는 것이 오늘의 실정입니다. 이제 우리는 우리 마음속에 지나치게 내면화되어 버린 유럽 중심주의에서 벗어나 지구적 세계 문학을 고민해야 합니다. 유럽인이 바라보는 세계 문학이 아니라, 누구나 공히 인정할 수 있는 세계 문학을 만드는 것이 인류에게 의미 있는 일일 겁니다.

아편 전쟁 이후 굴절된 세계 인식 속에서 만들어진 문학관의 노예가 되며, 21세기까지 지식의 폭력 속에 산다는 건 얼마나 야만적입니까? 이런 인식에 대해 한 번 의문을 가지고 바꿔 보자는 것이 저의 주장입니다. 전 세계에 팽배하는 이런 인식 속에 사는 건 너무 불행합니다.

타고르와 함께, 동방의 불빛이 아닌 세계적 불빛을 고민하며

제가 이런 유럽 중심주의의 문제를 느끼며 연구를 하다가 만난 사람이 타고르였습니다. 글을 읽어 보다가 타고르의 세계 문학관에 너무 놀랐어요.

저는 타고르의 글들을 읽어 보며, 타고르의 세계에 대한 깊은 사유를 만났습니다. 유럽 중심주의가 판치던 시기에 이를 간파하고 바로잡기 위해 애쓰는 지식인의 영혼을 만나 볼 수 있었습니다. 피하기 힘든 지구화 시대에 유럽 중심주의가 아니라 지구인 모두에게 공평한 지구가 되려면 이런 지적 자산들을 불러내어 이야기를 나누고 그를 창조적으로 해석해야 합니다. 그리고 변형시키며 나아갈 필요가 있습니다. 이것이 제가 이번 강의의 제목을 타고르와 지구적 세계 문학이라 한 이유입니다. 타고르의 100년 전 발언이 얼마나 대안이 되며 시사적인가를 함께 느껴 보았으면 합니다. 오늘날 유럽 중심 세계관에서 벗어나 새로운 틀을 마련할 수 있기를 바라며 동방의 불빛이 아니라 세계적 불빛으로의 타고르의 위치를 새겨 보자는 의미였습니다.

북토크

타고르의 중국 강의 내용

중국에 갔을 때 북경대학교에서 강의를 합니다. 그 내용을 읽어 보면 타고르의 가장 기본적인 생각은 다음과 같았던 것 같습니다. 중국 승려들이 인생의 지혜, 도를 구하기 위해 먼 사막을 여행하며 고행을 하는데 이는 인도의 강요가 아니라 중국 사람들이 스스로 결정한 것이다, 이런 배움의 길이 너무 아름답다, 반면 오늘날의 유럽을 봐라, 유럽은 "우린 문명이고 너흰 야만이다" 하는 논리로 배움을 강요하니 이건 얼마나 말이 안 되는 일이냐라는 거죠.

그래서 인류가 지식과 지혜를 나누는 가장 아름다운 길이 뭐냐하면, 누가 윽박지르거나 지식의 이름으로 강요한다거나 하는 것이아니라 스스로 깨닫고 먼 길을 마다하지 않는 경우의 배움이라는것이었습니다. 인류 교류의 한 패턴으로 과거 인도-중국의 배움의방법을 제시하는 것이 타고르의 중국 방문이었습니다. 양계초와 타고르, 두 지식인 간의 교감도 이런 종류라고 할 수 있죠.

시인으로서의 타고르

우리나라 시에 있어서 타고르의 기여는 결정적입니다. 우리나라가 근대 이전에 한자로 한시를 쓰다가 근대 이후에 한글로 시를 쓰려니 온갖 어려움에 시달리게 됩니다. 틀에 맞춰 한시를 쓰던 관습에서 벗어나 한글로 쓰려니 시의 형식을 찾아 헤매게 됩니다.

스승도 없고, 모범도 없었으니 어려움을 겪죠. 1908년 최남선의「해에게서 소년에게」가 그 증거입니다. 새롭게 흉내를 내 보려고 하지만 어색하죠. 그런데 몇 년 후, 김소월의「초혼」,「진달래꽃」, 한용운「님의 침묵」을 보면 그 몇 년 사이에 굉장한 진전이 있었던 것을알 수 있습니다. 물론 김소월, 한용운이 타고난 것도 있으나 타고르의 기여도 적지 않다고 봅니다. 김소월, 한용운이 타고르의 작법에 영향을 받은 것이죠.

타고르의 시를 가장 먼저 번역한 것은 김억입니다. 김억이 타고르의 시를 우리나라 시답게 번역합니다. 그런데 이를 민요시의 형식을 빌려서 해야 할지, 가사로 해야 할지 몰라서 김억은 혼란을 겪습니다. 그래서 제자였던 김소월의 새로운 감각을 빌리기도 하였죠. 가사, 시조, 민요 사이에서 갈등하던 김억과는 달리 소월은 그 틀을 확 깨 버립니다. 김소월은 타고르의 시를 번역하는 과정에서 새로운 시의 형식을 창안하게 되고 이를 바탕으로 「초혼」과 「진달래꽃」과 같은 주옥같은 우리말 시를 씁니다.

소월은 타고르의 정신까지 나아간 것 같지 않으나, 한용운은 타고르의 정신마저 이해하는 것 같습니다. 특히 근대 서구 문명에 대한 비판은 큰 영향을 받은 것 같습니다.

이제 '동방의 등불'은 잊어버리시고 진짜 타고르의 좋은 작품을 볼 차례입니다. 이런 것이 세계 문학이죠. 내가 절로 감동받고, 보고, 마음이 흐릴 때 다시 보고 사유하는 것이 '세계 문학'이라고 생각합니다. 마음이 풍요로워지는 것 말입니다.

타고르에 심취하게 된 계기와 좋아하는 타고르의 시

'지구적 세계 문학'이라는 발상의 진원지는 타고르였습니다. 타고르의 생각과 저의 생각은 별 차이가 없습니다. 하지만 과거에는 그런 타고르에 대해 전혀 몰랐죠. 저 역시 그런 타고르를 배울 계기가 없었으니까요. 그런데 제가 아시아와 아프리카 문학을 접하며 타고르를 한 번 다시 보고 싶다는 생각을 했습니다. 그래서 15년 전부터 타고르를 다시 읽었죠. 처음엔 몰랐는데 차츰 그동안 접하지 못하였던 글들, 예컨대 내셔널리즘에 대한 비판의 글이라든가, 세계 문학에 관한 글을 접하면서 새롭게 타고르를 인식할 수 있었습니다. 제 인도 친구의 조언도 한몫했습니다. 《세계 문학으로서의 아시아 문학》이라는 저의 책의 한 장이 타고르입니다.

저는 좋아하는 타고르의 시로 「패배자의 노래」를 꼽고 싶습니다. 짧은 시고, 조선을 위로하는 시라고 볼 수 있으나 당시 조선이 아닌 대부분의 식민지 사람들의 아픔을 이야기하고 그 아픔을 극복한 이후를 이야기하는 작품입니다. 읽을 때도 식민지 조선에만 한정하지 말고, 여러 제국주의 국가들이 세계를 나눠 가진 상황을 떠올리며 지구적 시각에서 바라봐 주시길 바랍니다. 패배한 자들이야 말로 진정한 미래를 볼 수 있다는 것, 억압과 고통을 노래한 시로서 추천하고 싶습니다.

Lesson 10

아프리카의 관점으로 본
세계 문학

by 이석호 카이스트 교수

서구의 고전이 우리에게 남기는 의문, 그리고 아프리카의 고전 다시 쓰기

아프리카 하면 무엇이 떠오르시나요? 자동으로 연상되는 것들이 몇 가지 있는데요. 주술, 사막, 흑인, 태양, 미개, 가난, 에이즈, 노예, '동물의 왕국'……. 대체로 지금 여러분이 떠올리시는 아프리카에 대한 내용들이 실은 다 만들어진 것입니다. 상당히 많은 부분들이 원래 아프리카가 가지고 있는 특성이나 속성이라기보다 만들어진 것들입니다. 우리가 알고 있는 몇 가지 개념들 안에 아프리카의 현 주소가 많이 내포되어 있는데 그것들이 만들어지는 데에 여러 가지 기제들이 개입합니다. 특히 문학이 아주 큰 공헌을 합니다. 아프리카를 부정적으로 재생산하고 엽기화하는 데에 우리가 숭상해 마지 않는 세계 문학이 아주 큰 공헌을 합니다.

세계 문학이라고 하면 잘 아시겠지만 통상적으로는 유럽 중심의 문학을 이야기하죠. 유럽 중심의 문학들, 넓은 의미에서 미국 문학까지 포함하는 유로센트릭 문학이 아프리카를 부정적으로 만드는 데에 아주 큰 공헌을 합니다. 비단 문학뿐만 아니라 미술, 음악 등 전방위적으로 박물학, 식물학까지 포함해서 모든 것이 아프리카를 엽기화합니다. 아프리카를 원시, 가난, 내전, 기아, 에이즈 등의 대륙으로 만드는 데에 거의 모든 기제들이 동원됩니다. 그중에서 오늘 제가 주목해서 여러분들과 나누고 싶은 이야기는 세계 문학이 어떤 방식으로 아프리카를 부정적으로 생산하는 데 공헌했는지입니다. 아프리카를 포함한 비(非)서구가 어떤 방식으로 재생산 과정에 저항하고 있는지, 그리고 그 과정에서 우리는 앞으로 어떤 작업들을 해야 하는지 그 이야기를 해 보고자 합니다.

여러분은 서구 문학 하면 무엇이 떠오르죠? 서구 문학도 질적 편차가 많은데 대체로 서구 문학이라고 하면 고전을 떠올립니다. 정전, 고전이라고 하는 게 뭘까요? 어떤 책이 고전이죠? 좋은 책이죠. 셰익스피어의 37편에 달하는 희곡들을 우리는 고전이라고 합니다. 밀턴의 「실낙원」도 고전이죠. 저도 영문학을 전공했는데 밀턴의 작품을 대하기도 하고 가르치기도 했으나 제대로 읽어 본 적이 없어요. 2권짜리 서사시로 굉장히 장구한 길을 가진 시인데 완독한 적이 없어요. 아마도 제 얄팍한 인내심 때문이겠지만 제가 볼 때에는 더 큰 이유가 '이 책을 내가 다 읽는다고 어떤 고전적 가치를 느낄 수 있을까?' 하는 의구심 때문이었어요. 그래서 미리 포기했어요. 저는 그렇게 고전을 고전으로 수용하지 못한 텍스트들이 많아요. 제 경우에는 영문학을 공부했기 때문에 영문학을 전공하지 않은 사람들보다는 정전의 권위 앞에 노출된 시간들이 훨씬 더 많았음에도 불구하고 그런 기회를 스스로 박탈한 사람 중에 하나입니다. 그런데 그런 상황들을 만드는 데 일조했던 데에는 고전에 대한 판단이 크게 작동했다고 생각합니다. 그 판단의 내용은 과연 고전이라고 하는 게 통상적으로 우리가 이야기하는 가치, 시공간을 초월해서 감동을 주는 가치, 우리가 보편이라고 부르는 보편적 가치를 담보하고 있는 텍스트인가 하는 것입니다. 그렇다면 왜 서구의 고전이나 정전들을 비(非)서구 작가들이 다시 읽으며 그 보편적 가치에 동의하지 못하고 다시 쓰기를 하는가 하는 의문이 들었어요. 특히 아프리카는 1960년대 이후 고전을 다시 쓰는 재미있는 작업들이 많아요. 정전을 그대로 가져와 아프리카 문맥을 개입시켜요. 그래서 서양 정전이 내포하고 있는 가치들을 훼손합니다. 목적의식적으로요. 그 이유가 무엇이냐 하면 그 안에 세계인들이 숭상해 마지않는, 그러나 아프리카인들이 볼 때는 동의할 수 없는 가치가 너무 많기 때문입니다. 그런 사례들을 몇 가지 소개하도록 하겠습니다.

여러분 플로베르 아시죠? 《보바리 부인》을 비롯해 소위 20세기의 많은 문학 편자들이 상찬한 작가죠. 놀라운 수준의 리얼리즘을 구현한 유럽 문학판 안에서 유명한 작가입니다. 그러나 그가 아프리카를 바라본 시각을 드러낸 작품 하나를 보면 그가 유럽 관점에서는 굉장한 작가임에는 틀림없지만 그 똑같은 평가를 아프리카와 같은 비(非)서구에서도 할 수 있는지가 궁금해집니다. 플로베르는 정치적으로 진보적 의식을 가진 작가, 진보적 식견과 세계관을 견지하던 작가였음에도 불구하고 아프리카, 비(非)유럽 이야기만 등장하면 그 진보적 입장들이 굉장히 후퇴하는 모습을 볼 수 있습니다. 그 모습의 전형이 가장 잘 드러나는 것이 《살람보》라는 텍스트죠. 아프리카 공주 묘사를 보면 엽기적인 수준입니다. 21세기 맥락에서 봐도 결코 수준이 떨어지지 않는 엽기성이죠. 그런 대목들을 보면 유럽에서 소위 정전이라고 하는 위대한 텍스트를 생산한 작가들의 세계관, 다른 지역을 상상하는 방식의 한계들을 명확히 보여줘요. 이런 작가들이 예외적인 숫자라면 좋겠으나 우리가 아는 위대한 서양 작가들 중 많은 이들이 플로베르와 비슷한 세계관, 정치관을 드러냅니다. 유럽을 제외한 타(他) 지역에 대해 굉장히 보수적이며 오리엔탈리즘적인 관점을 드러내죠.

랭보도 마찬가지입니다. 아프리카가 좋다고 소말리아까지 간 시인임에도 불구하고 아프리카를 상상하고, 인식하고, 느끼는 방식이 다른 작가들과 별반 다르지 않죠. 정치적으로는 진보적이지만 유럽을 제외한 다른 지역을 느끼는 방식은 굉장히 보수적이에요. 랭보와 영향을 주고받던 당대의 유명한 화가들, 오리엔탈리즘을 말할 때 예외 없이 등장하던 터키탕, 유럽의 가장 적나라한 타자라고 인식되던 마그레브를 오리엔탈리즘적 시선으로 관찰하던 앵그르는 20세기 초 서양인들이 인식했던 그런 하나의 전형을 그림으로 드러내는데, 이런 인식들이 우리가 소위 유럽의 위대한 정전 작가라고 부르는 그런 작가들에게서도 예외 없이 드러납니다.

가장 위대한 20세기 문학이라고 선발된 여섯 권의 텍스트가 있어요. 리비스라는 막시스트 이론가가 20세기의 가장 대표적 유럽 작가 여섯 명을 선정했어요. 그중에 우리도 잘 아는 작가가 한 명 있죠. 그 작가 이름이 조셉 콘라드인데요. 이 작가가 《*Heart of Darkness*》라는 작품을 쓰는데 아프리카 콩고 강에 직접 들어가 역류해서 따라가며 아프리카에 대한 인상을 소설의 형태로 남긴 작품이죠. 그가 쓴 《*Heart of Darkness*》는 20세기 인류가 생산한 최고의 작품 여섯 편 중 하나로 거론되는 작품인데 아프리카 작가들이 60년 후 이 소설을 다시 보며 다 찢고 다시 씁니다. 소설판에서의 《*Heart of Darkness*》는 연극판에서의 셰익스피어에 비견하는 고전적 위치를 견지하는 작품입니다. 한 아프리카 평론가가 나타나 그 작품의 지위를 박탈할 때까지는 작가의 입장이나 작가적 지위가 한 번도 도전받아 본 적이 없어요. 그런데 1970년대에 치누아 아체베라는 평론가가 나타나 이 작품이 얼마나 인종차별적 시각으로 가득 차 있는지를 고발합니다. 저도 치누아 아체베라는 작가이자 평론가가 조셉 콘라드의 작품을 읽고 쓴 평론을 읽으며 무릎을 쳤어요. 필요에 의해 이 작가의 작품을 읽었음에도 불구하고 이 나이지리아 출신의 작가가 품평한 글을 읽기 전까지 한 번도 인식하지 못했던 몇 가지 기막힌 내용들을 발견했기 때문입니다. 개인적으로 정말 많이 배우고 놀랐는데 그를 여러분께 소개하도록 하겠습니다.

《*Heart of Darkness*》에 깃든 서구 중심주의적 시각

《*Heart of Darkness*》는 '어둠의 핵심', '어둠의 속', '암흑의 심장' 등 여러 의미로 번역되는 작품입니다. 이처럼 중의적 뜻의 제목을 가지고 있다는 건 이 작품을 어떤 시각으로 보느냐에 따라 해석의 여지가 달라진다는 거죠. 제가 영어로 쓰인 《*Heart of Darkness*》를 읽으며 발견하지 못했던 것들을 아프리카 작가들은 어떻게 발견했을까를 고민해 보았어요. 제 의문의 결론은 아마도 서양 문학을 읽을 때 우리가 일반적으로 가지는 태도들 때문인 것 같았습니다. 일단 서양 고전이라고 하면 주눅이 들죠. 그 고전이라고 하는 것이 암묵적으로 가지고 있을지 모르는 보편적 가치를 거의 자동적으로 수용하죠. 어떤 비판적 점검이나 검열 과정을 거치지 않고 서양이니 당연히 보편적 가치가 있을 거고, 의문이나 심문의 대상이 아니라고 하고 지나치는 독자로서의 기본적 자세를 보며 우리가 백인의 입장을 내면화한 게 아닐까 하는 생각을 했어요. 백인 독자의 입장에서 책을 독해하기 때문에 아프리카 작가가 발견한 것을 저는 보지 못한 거죠. 그 문제적 지점들이 명백하게 보이는데 한 번도 인식하지 못했다는 것에 여러 차례 절망하며 의문을 품어 본 결과 도달하게 된 결론은 다음과 같습니다. 내 안에 이미 서구 독자의 독서 방식 혹은 태도가 내면화되어 있고 서양의 고전들이 가지고 있는 아우라(aura)와 그에 압도되어 있는 태도들이 저로 하여금 독해 과정을 방해하지 않았을까 하고 생각하게 되었습니다.

작품에는 미스터 커츠라는 카리스마 넘치는 사람이 나와요. 아프리카에서 상아를 가져다 유럽에 팔던 상아 무역꾼이죠. 어느 날 이 사람이 아프리카의 심장 안으로 들어가서 나오지 않아요. 거기에서 왕이 되죠. 신적 지위를 누리는 사람이 됩니다. 유럽의 높은 문명과 기술적 우월성의 힘으로 아프리카 오지로 가 원주민들 사이에서 신처럼 군림합니다. 19세기 유럽인들은 상아를 어디에 썼을까요? 실존적 쓰임이 있었죠. 치아예요. 그리고 미학적 필요성도 있었어요. 피아노 건반입니다. 대부분의 음악 하는 사람들이 이야기합니다. 아프리카 코끼리가 없었다면 유럽 화성악이 탄생하지 못했을 수도 있다고요. 미스터 커츠라는 인물이 신으로 군림하며 살다가 죽기 전에 마지막으로 딱 두 가지 전언을 남깁니다. 한 가지는 구두로, 나머지 한 가지는 문자로요. 이 소설의 화자 말로우가 이 사람을 만나러 갑니다. 소문만 듣게 되죠. 소문만 들어도 굉장한 사람이었요. 신적 지위를 구가해도 좋을 만큼 비밀스런 카리스마를 구비한 인물이죠. 커츠가 남긴 메시지는 20세기 인류가 남긴 문자 문학 중 평론가들이 해석하기 가장 어렵다는 내용을 품고 있습니다. 20세기 문학이 남긴 가장 어려운 문자를 알려 드리겠습니다.

Horror. Horror!

Drop the Bomb!

Exterminate Them all!

이 중편 소설 전체에서 구두로 남긴 유일한 말이에요. 아프리카 콩고 강 밀림, 야만의 숲 안에서 신처럼 살면서 느낀 소회를 문자로 는 이렇게 전달합니다. 도대체 원주민들과 살며 무엇을 보았기에 이 사람 입에서 이 말이 나왔을까요? 그리고 왜 죽으며 이 문자를 남겼을까요? 20세기 평론가들이 물고 늘어진 숙제였습니다. 뭐가 무서웠을까요? '아, 무섭다, 두렵다!' 도대체 커츠가 콩고 숲 안에 들어가 살며 뭘 봤기에 죽기 전에 단말마처럼 내뱉은 언어가 무섭다는 것이었을까요? 그리고 그가 남긴 휘갈겨 쓴 낙서에 '폭탄을 머리에 떨어뜨려라! 그리고 멸종시켜라! 한 놈도 살리지 말고 모조리 쓸어버려라!'라고 했을까요? 하나는 말의 형태로, 하나는 문자의 형태로 커츠가 아프리카에서 살던 시간의 공포를 드러냅니다.

'뭘 보았기에?'는 평론가들이 매달린 숙제였습니다. 통상적 해석은 커츠가 아프리카인들을 문명화시키려는 마음으로 갔으나 실패한 것에 대한 공포, 이들에겐 어떤 가능성도 없다, 유럽의 영원한 타자이다, 인간의 이름으로 상승할 가능성이 아프리카인들에겐 없다는 데에 대한 공포를 표현한 것 아니겠냐는 것입니다. 그런데 이런 식의 내용을 드러내 표현하지 않고 신비주의적으로 표현한 작가의 작품을 위대한 고전, 정전이라고 할 수 있을까요? 아프리카 사람들이 읽으면 정서적으로 동의되지 않는 내용인데요. 여러분이 콩고인이라면, 즉 콩고 강을 살아 내고 있는 현재 콩고인이라면 이 발언에 동의할 수 있을까요? 당연히 안 되죠. 이런 인종차별주의적 발언을 신비주의 형식으로 은폐하며 전개한 작가를 어떻게 고전적 작가라고 이야기할 수 있느냐 하는 것이 나이지리아 출신 평론가가 제기한 문제입니다.

조셉 콘라드의 지위와 명성에 도전한 아프리카 평론가 치누아 아체베는 작품 안에서 인종 차별의 표상을 발견합니다. 더불어 또 재미있는 걸 찾아내는데요. 작품에 아프리카인들이 굉장히 많이 등장하는데 처음부터 끝까지 이 안에 그렇게 많은 수의 원주민이 등장함에도 불구하고 작가는 등장인물들에게 한 번도 제대로 된 영어를 구사하도록 언어적 권리를 부여하지 않아요. 수많은 원주민들이 다 인간의 언어가 아닌 짐승의 언어를 사용합니다. 아프리카인들을 원숭이가 끙끙거리는 소리를 언어로 구사하는 인물로 만들어 놓죠. 두 번의 예외를 제외하고요. 그 두 번의 예외가 또 기가 막힙니다. 그토록 많은 수의 원주민들이 작가로부터 정당한 언어를 구사할 권리를 부여받지 못합니다. 예를 들어 보죠. 말로우라는 인물이 커츠를 만나러 가는 와중에 항구에서 하루 정박을 하죠. 그런데 밤에 침실 밖에서 굉장히 시끄럽고 소란한 소리가 들립니다. 잠도 안 오고 해서 창문을 열고 무슨 소동이 났는지 내다보는데 흑인들이 우르르 몰려다니죠. 한 명을 뒤에서 여러 명이 쫓아가요. 앞에 도망가는 흑인을 잡으려 하며 영어로 말합니다. 누군가가 어둠 속에서 "Catch them!"이라고 해요. 비문이죠. 한 명이 도망가는데 them이라고 했으니까요. 끝까지 작가는 이를 비문으로 만들어요. 언어적 권리를 주지 않죠. 또 같이 가던 무리 중 한 명이 "For what(왜)?"이라고 합니다. 그랬더니 그 옆에 있는 사람이 "To eat(먹으려고)"이라고 하죠. 이 대목을 이 소설의 하이라이트로 작가가 배치합니다. 콘라드는 이 부분에서 예외적으로 아프리카인들에게 정당한 언어를 구사하도록 특별한 권리를 부여합니다. 그 의미가 뭘까요?

두 번째 예외는 말로우에게 커츠의 죽음을 알릴 때에요. 커츠의 메신저가 말로우에게 영어로 이야기해요. "Mr. Kurtz dead." 동사가 없죠.

이 두 가지 예외를 빼고는 작품 전체에 그토록 숱하게 많은 원주민들이 등장하는데 정당한 언어를 구사할 권리를 부여받지 못해요. 치누아 아체베가 이 대목을 짚으며 이 책이 소비될 공간은 대부분 유럽 시장이므로 잠재적 독자들을 배려한 장치라고 해석합니다.

작가가 아프리카에 가 보지 않아서 신화적, 오리엔탈리즘적 상상을 하는 독자들의 기호를 충족시켜 주는 장치로 이런 대목을 마련한 거라는 게 그의 분석이죠. 작가가 흥미를 채워 줄 수 있는 배치를 전략적으로 고려했고, 그런 전략이 하필 아프리카인을 악마화, 타자화, 엽기화하는 전략이었다는 겁니다. 이토록 훌륭하고 글을 잘 쓰고, 진보적이며 탁월한 수사를 자랑하는 작가가 말이죠. 사람들은 《*Heart of Darkness*》를 제국주의를 비판한 작품이라고 평가합니다. 아프리카 사람들에 대한 동조나 인간적 연민을 보이죠. 그런데 아체베는 동정, 연민, 사해동포주의적 정서가 슈바이처가 아프리카 원주민을 대할 때의 태도, 먼 친척을 대할 때의 태도라고 봅니다. 영원한 어린이 같은, 단순하고 순수한 면도 있지만 진화가 덜 된, 사유 능력이 떨어지는, 어른의 경지에 절대 오를 수 없는 타자의 시선으로 바라본다는 거죠. 거리가 존재하는 값싼 동정이라는 거죠. 수평적 교류의 대상이 아닌, 인간적 거리가 영구적으로 상정되어 있는 대상이라는 거예요.

이 작가는 유럽의 고전을 생산해 셰익스피어가 연극판에서 누리는 지위를 20세기 소설판에서 누리는 작가인데 불행하게도 아프리카인들에게만은 인종차별적, 정치적으로 보수적인 입장을 드러냅니다. 이런 작가를 어떻게 세계 문학의 고전 안에 배치할 수 있느냐, 세계 문학 자체가 잘못되었다와 같은 비판은 빙산의 일각입니다.

서양 문학 중 이 작품이 예외적으로 아프리카를 타자화한 작품이 아니고, 이것이 일반적 서양 문학의 경향입니다.

셰익스피어의《오셀로》와《태풍》에 깃든 유럽 중심주의적 시각

두 가지 예만 더 들어 보겠습니다. 셰익스피어의《오셀로》에 보면 오셀로가 추락하죠. 전투의 신이 갑자기 데스데모나라는 아내를 의심하고 의처증을 보이는 환자처럼 묘사됩니다. 결국은 질투에 눈이 멀어 부인을 죽이고 자기도 죽는 비극의 주인공으로 전락하는데요.《오셀로》의 추락이 이해되시나요? 동의되세요? 어떤 평론가가 끝까지 동의하지 못하고 파헤쳤는데요. 오셀로의 추락과 파국을 논리적으로 설명할 수 있는 방법은 단 하나였다고 합니다. "오셀로의 파국은 오셀로의 피부색 때문이다." 오셀로는 무어인이에요. 잡종의 피가 흐르는 사람인 거죠. 만약 백인의 피가 흘렀으면 이런 주인공으로 만들어서 파국으로 빠뜨리지 않았을 거라는 게 그 평론가의 입장이었습니다.

셰익스피어의 마지막 작품《태풍》은 더 가관이에요. 특히 아프리카의 시각으로 읽으면 도저히 고전이라고 볼 수 없을 만큼 폭력적인 내용이죠. 작품 안에 등장하는 인물 중 가장 중요한 인물이 프로

스페로와 칼리반인데요. 프로스페로는 지중해 근해에 있는 공국의 통치자로 정치에 도무지 관심이 없고 지하 골방에 내려가 근대 무기를 만들어요. 화약을 만드는 일에 열중하죠. 한편 칼리반은 조난당한 프로스페로 일행이 무인도에 들어오는데 그들을 극진하게 보살펴 줘요. 딸 하나를 데리고 미치광이 수준의 복장을 하고 오는데도 극진하게 보살펴 주죠. 봄에는 어떤 과일을 먹으면 힘이 솟는지, 비가 올 땐 어디에서 비를 피해야 하는지, 잠은 어디에서 자야 편하게 잘 수 있는지, 섬이 가지고 있는 비밀을 대가를 바라지 않고 프로스페로 부녀에게 가르쳐 주죠. 부녀가 섬의 온갖 비밀을 다 알고 난 다음 한 행동은 배신이에요. 그 비밀을 알고는 칼리반을 노예로 만들죠. 그리고 영어를 가르쳐요. 칼리반에게 높은 정신적 이유를 숭상하도록 가르치는 걸까요? 아니죠. 더 잘 부려 먹기 위해서예요. 의사소통이 돼야 부려 먹을 테니까요.

이 작품이 쓰인 후 300년 뒤에 카리브 해 출신의 시인이자 극작가가 이 작품을 다시 씁니다. 원작에서 세 가지를 바꿔요. 칼리반이 주인공으로 나와 맞짱 뜨는 작품으로 바꾼 거죠. 유럽 정전이 공간과 시간을 달리한 곳에 배치될 때 일반적 가치들은 보편적으로 기능하지 않아요.

《제인 에어》에 깃든 유럽 중심주의적 시각

샬롯 브론테가 쓴 《제인 에어》 잘 아시죠? 거기 보면 아주 멋진 귀족이 나옵니다. 잘생기고 돈 많고 대궐에 사는 로체스터예요. 이 인물이 《제인 에어》라는 작품에서는 신비화되어 있죠. 그냥 멋진 귀족으로만 나와요. 제인이 나중에 귀족이 가진 신분상의 여러 결점에도 불구하고 연인으로 선택할 정도로 멋진 조건을 다 가진 남자로 등장해요.

근데 이 사람에게는 여자가 있어요. 제인이 기숙 학교를 마치고 먹고살려고 가정 교사 자리를 알아보다가 로체스터의 집에 들어갑니다. 처음 둘이 만나 계약할 때 내건 조건이 우리 집에 2층이 있는데 밤마다 혹시 이상한 소리가 들려도 절대 올라가지 말라는 것이었죠. 그 조건만 지키면 돈도 많이 주고 잘 살 수 있도록 하겠다고요. 로체스터의 삶은 돈 많은 남자, 귀족답게 말 타고 한번 나가면 전 세계를 주유하고 오는 거죠. 1년에 한 번 와서 못 본 친구들을 불러서 파티를 열고, 싫증 나면 나가는 게 일상이에요. 그 사이에 제인이 호기심을 참지 못하고, 소리의 정체를 찾아 2층에 올라가죠. 방 하나가 열려 있고 그 문틈으로 빛이 새어 나옵니다. 그래서 그 방을 훔쳐보는 데에서 비극이 시작되죠. 어떤 미친 여자가 흡사 짐승처럼 네 발로 온 방을 기어 다니며 꽥꽥거리고 있었습니다. 그리고 이

미친 여자가 나중에 로체스터가 돌아왔을 때 방에서 탈출해서 불을 지르죠. 마지막엔 대저택 꼭대기에서 뛰어내려서 자살해요. 그게 소설의 얼개죠.

이 소설을 정확하게 100년 뒤, 카리브 해의 도미니크에 살던 여자 소설가 진 리즈가 읽고 찢어 버려요. 그리고 다시 씁니다. 그 책 제목이 《드넓은 사르가소 바다》예요. 도미니크 여자가 보기에 엉터리였기 때문에 다시 쓴 거죠. 로체스터라는 신비한 배경을 가진 귀족이 아름다운 사람도 아니고, 그 사람이 19세기 유럽 런던 문맥에서 장자도 아니고 차남인데 그렇게 큰 부를 누릴 수는 없기 때문이었죠. 재산은 다 장자가 물려받는데 차남이 대궐 같은 저택을 유지하며 살면서 1년 내내 돈을 벌지 않고 살려면 차남에게 인생 역전을 만드는 옵션이 필요해요. 그것이 식민지로 가는 것이었죠. 영국은 그때 전 세계에 거느리던 식민지가 많았어요. 식민지 여자를 만나 3년만 관계를 유지하면 그 여자의 재산이 자기 것이 되죠.《제인 에어》에서는 로체스터의 배경이 미스터리하게 나와 있으나 진 리즈의 작품에는 명확하게 그려져 있어요. 로체스터가 자메이카로 가죠. 한 여자를 쫓아다니며 구애해서 결국 결혼해요. 그러다가 문제가 생깁니다. 그 여자가 영국 여자와는 달리 맨발로 다니며 하녀와 친밀하게 지내죠. 여러 가지 목적으로 결혼했으나 영국에서의 행태와 다르게 살아가니 생각이 바뀌죠. 3년을 지낸 후에 여자의 재산을 자기 것으로 만들어요. 그리고 3년의 기한이 끝나는 날 여자에게 런던으로 가자고 하지만 여자는 거절하죠. 자기 식구들은 다 자메이카에 있고 대서양을 한 번 건너려면 3개월이 걸리니까요. 로체스터는 이 여자에게 술을 먹여서 잘 때 보쌈해서 대서양을 건너요. 자신의 의지와 상관없이 런던으로 끌려간 상황에서 여자는 미치지 않을 도리가 없죠. 2층 방에 유폐되어 미쳐 가는 여자의 시선에서 작품을 써요. 《제인 에어》에서 은폐한 여자가 미치게 된 배경을 적나라하게 들추며 알려 주죠. 너희가 그 여자였어도 미쳤을 거다, 미치지 않을 자신이 있느냐고 묻죠.

이런 유형의 고전, 정전들에 대해 막연히 가지고 있는 숭배감이 있습니다. 그리고 실제로 비(非)서구 안에서는 보편적 가치를 전복하는 시도들이 전방위적으로 벌어지고 있어요. 그래서 고전이라고 하는 것을 어떤 시각, 어떤 배경에서 읽느냐 하는 것이 중요합니다. 고전이 담보하고 있는 가치의 내용들은 인종적, 종교적으로, 젠더(gender)적으로, 계급적으로 공유하지 않으면 의미가 없는 거니까요. 셰익스피어의 작품은 영국인이 독자입니다. 그의 작품을 타자의 관점, 콩고인의 관점, 카리브 해 여인의 관점에서 읽는다면 어떨까요? 인종, 언어, 종교적 배경이 다른 입장에서 의도적, 목적의식적으로 표면화하며 독해한다면 지금 우리가 알고 있는 고전에 대한 일반적 해석을 반드시 추종할 필요는 없을 겁니다. 고전은 불행하게도 유럽 중심주의를 드러내고 있는데 이런 것들을 우리가 좀 다각화할 필요가 있습니다. 그런 차원에서 아프리카식 독해, 즉 오늘 소개한 방식의 시도들이 세계 문학의 정전적 지위를 새롭게 그리고 수평적으로 만드는 데 공헌하고 있다고 생각합니다. 여러분들께서도 비(非)서구 텍스트에 관심을 갖고 읽어 보시길 바랍니다.